トーマス・ベルンハルト

ある子供

今井敦 訳

松籟社

Gedruckt mit Unterstützung des Bundeskanzleramt Österreich
本書の翻訳出版にあたり、オーストリア連邦首相府より助成を受けています。

Ein Kind

by

Thomas Bernhard

Published by arrangement through Meike Marx Literary Agency, Japan

Translated from the German by Atsushi Imai

ある子供

誰も見つけなかったし、見つけることはないだろう。

ヴォルテール

八歳のとき、私は、後見人が所有する古いシュタイア製自転車に初めて乗った。[*1] 後見人はこのとき従軍してポーランドにおり、ドイツ軍兵士として、今まさにロシアに侵攻しようとしているところであった。私は、トラウンシュタインの町の私たちが間借りしている建物の下の路地、タウベンマルクトで、小さな町のお昼どきらしく人通りの途絶えた中、生まれて初めて自転車を漕ぎ、あたりをひと回りしたのだ。自分にとってすこぶる新しいこの芸当が面白くて、まもなく私は、タウベンマルクトからシャウムブルガー通りを抜け、シュタット広場へ自転車を走らせると、教区教会のまわりを二、三周したあと、向こう見ずな、取り返しのつかない決心をした。この決心が誤りであったことは、数時間後に明らかとなる。私は、早くも完璧に操ることができるようになったこの自転車に乗って、ここから三十六キロ離れたザルツブルク近郊まで行き、小市民的愛情いっぱいに育てた花壇に囲まれて暮らす叔母、日曜には決まって大好きなシュニッツェルを焼いているファニー叔母さんを訪ねよう、と思ったのだ。初めての自転車旅行には一番いい目的地と思われたし、叔母の家に着いたら、私の芸当

＊1　シュタイアは当時有名なオーストリアの自転車メーカー。

を手放しで褒める言葉をおそらく延々と聞かされたあと、お腹いっぱい食事をして、存分に眠ろうと考えたのだ。生まれて初めて自転車を見た瞬間《とき》から、乗ってみたくて仕方なかった。自転車乗りという、選りすぐりの階級に憧れた。それが今や、自分もその一人だ。この芸当を教えてくれる人は誰もいなかったから、長いことただ憧れるばかりだった。少し罪悪感はあったけれど、誰に許可を請うこともなく、後見人の高価なシュタイア製自転車を玄関からひっぱり出し、どう扱ったらいいのかよく考えもせず、ペダルを踏んで、いきなり走り出した。転ばなかったから、乗った瞬間にはもう勝ち誇った気分だった。私は、あたりを数回まわっただけで降りてしまうような、そういう子供ではなかった。ひとたび何か始めたら、とことんまでやった。ひとこと断っておくべき人に、何にも言わず、自転車で風を切り、愉悦に気持ちを膨らませ、シュタット広場を離れると、ついには「緑野」と呼ばれるところに出て、ひらけた自然の中を、ザルツブルクへと車輪を回した。まだ背が低過ぎてサドルにまたがることができなかったから、ほかの小さい初心者と同じく、フレームに片足を通してペダルを踏んだのではあったが、みるみるスピードを上げた。ずっと下り坂が続いたことも愉悦を大きくした。私が何の前触れもなく自分で決心して成し遂げたことを、家族のみんなが知ったら何と言うだろう、と思った。もちろん、見たらすぐ褒めてくれるに違いない！　みんながひどく驚くさま、これ以上ないほどビックリする様子を思い描いた。自分の能力が自分の非行、いや、犯罪を帳消しにできるということを、一瞬たりとも疑わなかった。ほかの誰が、初めて自転車に乗ったその日に、そのまま遠出したりなどできるだろうか。しかもずっと遠くの、ザルツブルクまで！　家族のみんなは、私がどんな障害や抵抗にもめげず、やりぬく人間だということ、勝者なのだということを認めずにはいられないだろう！　ペダルを踏み、早くもズール山麓の谷あいを疾駆しながら、私は、世界の誰よりも愛している祖父が、自転車を走らせるこの私を見てくれたら、と思った。家族のみんなはここにいなかったし、かなり進捗した私の冒険行を知る人は誰もいなかったから、証人なしで私はこの企てを成し遂げねばならなかった。高みにあるとき、人は、とにかく誰かが見てくれること、感嘆してくれることを望むものだ。しかしその、見て感嘆してくれる筈の人が、ここにはいなかった。私は自分で自分を眺め、自分で自分をすごいと思って満足するしかなかった。スピードが、硬い風となって顔に吹きつければ吹きつけるほど、目的地であるファニー叔母さんの家が近づけば近づくほど、居心地の悪い場所から、どんどん遠ざかった。まっすぐ走りながら、瞬間的に目を閉じるたび、勝者の至福を味わった。心の中で、祖父の言ったとおりだと思った。つまりこの日私は、これまでの人生で最大の発見をしたのだ。自分の存在に新しい転機をもたらしたのだ。車輪の上で機械のように進むという、もしかすると決定的転機を。そうか、自転車に乗る人は、こんな風に世界を見渡しているんだな。上から！　自転車乗りは、足を地面に触れることなく疾駆する。自転車に乗るということは、いわば、世界の支配者であることを意味するのだ。これ以上ないくらい気持ちを高ぶらせて、私は、醸造所で有名なタイゼンドルフに着いた。すると間もなく自転車から降り、これを押さねばならなくなった。兵隊にとられ、事実上ほぼ存在しないに等しい後見人の自転車を。こうして私は、自転車の不快な面をも知ることになった。道は長く伸びた。縁石と、アスファルトの亀裂を交互に数えた。このとき初めて、右脚の靴下がチェーンの油でベトベトになり、ちぎれた布が垂れ下がっている光景に気づき、愕然とした。ちぎれた靴下の中から、油でねっとり汚れ、血まで滲んだ脚が覗いているではないか！　この光景を見たことで、悲劇が始まるのだろうか？　目の前にシュトラスの集落が見えた。このあたりの風景や集落は、列車で叔母の家を訪ねたとき、何度か見たことがあった。ファニー叔母さんは、私の母の弟、つまり叔父の伴侶だった。今や、すべてが一変した。私の肺には、もうザルツブルクまで行く力は残っていないのか？　自転車に飛び乗って、ペダルを踏んだ。もう一度スピードを上げるため、有名な競輪選手の姿勢を真似たのは、夢中だったからではなく、絶望と、名誉心からだった。シュトラスを過ぎると、次の集落がすぐそこに見えたが、無情にも、ここでチェーンが切れ、後輪の輻《や》に絡まった。私は側溝まで投げ飛ばされた。間違いなくこれで終わりだ。立ち上がり、周囲を見回した。見ていた人はなかった。ぶざまに頭から落っこちたところを見られたら、どうしようもないお笑いぐさだ。自転車を起こし、チェーンを輻から引き抜こうとした。べっとり油と血で汚れ、失望のあまり震えながら、ザルツブルクと思われる方角を見やった。あと十二、三キロも行けば、たどり着いただろうに。このときようやく気づいた。そもそも私は叔母の住所を知らないのだ。花壇に囲まれたあの家を見つけるのは、もともと不可能だったのだ。実際ザルツブルクまでたどり着いたとして、町の人に、ファニー叔母さんはどこに住んでいますか、と訊いても、まるで答えがないか、数多の異なる答えが返ってくるだけだっただろう。私はその場に立ちつくし、通り過ぎていく自動車やバイクに乗った人たちをうらやんだ。彼らは、私という不幸な存在をこれっぽっちも気に留めていなかったから……。後輪だけ、また回るようになった。つまり、押して歩くことはできる。私の後見人の、このシュタイア製自転車を。ただし、反対方向に。こうなった以上、災いだけが待ち受けている方角へ。しかもそちらを見ると、急に暗くなっていた。自転車にはしゃぎ過ぎた私は、自然、時間の感覚をなくしていた。さらに腹立たしいことには、あっという間に雷雨が起こり、ついさっき最高の気分で駆け抜けてきた風景を、地獄のそれに変えてしまった。残酷などしゃ降りが私を襲い、数秒後には道が激流となった。この豪雨の中で自転車を押しながら、私はずっと泣き続けた。車輪が一回りするたび、折れた輻が引っかかった。すっかり暗くなり、何も見えなかった。また誘惑に負けたんだ、と思った。ひどい結果になるのは分かっていたのに。また誘惑の罠にかかってしまった。がっかりして母の様子を思い浮かべた。前にもあったように、母が市庁舎の警察詰所に行って、途方にくれ、怒りのあまりろれつの回らない発音で、「恐ろしい、とんでもない」子供なんです、と言うさまを想像した。町の反対側の、ずっと郊外にいる祖父は、知るよしもなかった。今回もまた、祖父のとりなしにすべてを賭けた。月曜日に学校に行けないのは確実だ。私は許しも請わず、このうえなく卑怯なやり方で逃げたのだ。そのうえ、後見人の自転車を台無しにした。私が今押しているのはガラクタだった。私の体は大量の雨水と、仮借ない不安に揺すぶられた。そして幾時間ものあいだ、重い足取りで、来た道を帰った。すべてを償いたかった。だが、そもそもその可能性が残されていただろうか。僕はちっとも変わっちゃいない。何を誓ったって無駄だ。何を決心しても、また口から出まかせを言っているって受け止められるだけだ。私は自分を呪った。死にたかった。だが、そう簡単ではなかった。人間としてふさわしい態度を取ろうとした。自分に極刑を宣告した。死刑ではないが、極刑を。でも、極刑って、どんな刑だろう、よく分からないな。そこまで考えてまた、思考が堂々巡りする馬鹿らしさに気づいた。犯した罪は、間違いなく前より重い。それははっきり感じた。これまでの非行や犯罪は今回のことに比べたら、些細なことだ。学校をサボったこと、嘘、自分が何度もそこら中に仕掛けた罠。それらは、この新しい非行あるいは犯罪に比べたら、いつもながら他愛のないものに思われた。私は、犯罪者としての自分の経歴を危険なレベルにまで進めたのだ。高価な自転車を台無しにし、服を汚してボロボロにし、自分に寄せられた信頼を、ひどく卑怯なやり方で裏切った。瞬間、後悔という言葉を没趣味だと思った。自転車を押して地獄を歩きながら、私は、あらゆることを上から下まで足したり割ったり、引いたりして、繰り返し計算した。判決は恐ろしい結果に違いない。絶えず頭に浮かんだのは、「許しがたい」という言葉だった。泣き叫んで、自分を呪ったとして何になる？　私は母を愛していた。だが、母にとって私は可愛い息子ではなかった。私とつき合うのは、ちっとも簡単ではない。私の複雑さは母の手にあまった。私は残酷だった。卑劣で、陰険だった。最悪なのは、私がずるい子だったことだ。自分のことを考えると反吐《へど》が出そうになった。家にいて、母がトルストイか、あるいはほかの好きなロシアの小説を読んでいるとき、母の肩に寄りかかり、母の呼吸を自分の幸福にすることができたら、と思った。なんという不良だ、僕は。反吐が出そうなくらいの。自分の魂を汚して、お母さんとお祖父さんをまたひどく裏切ったんだ。みんなの言う通りだ。僕は、ほかのどんな子供より、嫌な子供だ。世界が心底おぞましく、暗く、醜いものとなった今、家にいて、恥も呵責も感じることなく床に入ることができたら、と思った。母の「おやすみ」と言う声が聞こえて、さらに激しく泣いた。そもそも私は、まだ靴を履いていただろうか？　まるで、雨がすべてを流し去り、残っていたのはみじめさだけのような気がした。だが、あきらめてはならない。明かりが見えた。その明かりの中に、次第に「亭」の文字が見分けられるようになった。今や、それが希望になった。祖父はいつも私に警告していた。世界はおぞましく、冷たい。命を奪ってしまうくらいにな、と。祖父の言う通りだ。何もかも、考えていたよりずっとひどかった。本当はこの場で死にたかった。それでも、あと数メートル、自転車を押して店の入口まで来ると、それを塀にもたせかけ、中に入った。舞台では、農家の若者や娘が楽隊の演奏に合わせて踊っていた。よく知っている舞曲だったけれど、慰めにはならなかった。逆に、自分は完全によそ者だと感じた。人間社会全体が、そこに属さない唯一の存在である私に対峙していた。私は社会の敵だ。犯罪者だ。私という存在はこの社会に値しない、社会は私を拒絶したのだ。調和、愉悦、安心、それらのうちの一つとして、私が要求できるものはなかった。今、全世界が私を指さし、咎《とが》めていた。死にたいくらいに。踊りが続いているあいだ、惨めな私に気づく者はなかった。だが、そのあと、ペアになって踊っていた農家の若者たちが舞台を退いたとき、見つかった。消え入りたかった。でも同時に、話しかけられたことが嬉しくもあった。どこから来たの？　どこへ行くの？　ご両親はどなた？　どこにいるの？　家に電話はないの？　まあここに座りなさい。私は座った。飲みなさい。私は飲物をすすった。これを羽織るといいよ。私は羽織った。営林作業用のゴワゴワしたマントが、私を守ってくれた。給仕女は訊ね、私は答え、泣いた。子供はあっというまに、まっさかさまに子供に戻った。給仕女は子供のうなじを触り、撫でた。救われたのだ。だが、それはこの子が、あらゆる子供の中で一番嫌な子供だという事実に、何ら変更を加えるものではなかった。「お前みたいな子が生まれるなんて！」母は、ことあるごとにそう言った。その声は、今もはっきり聞こえる。「ゾッとするわ、この子は！」私は、酒場の薄暗い片隅にちぢこまって、その場の情景を眺めていた。舞台の上や下にいる人々の自然さが、好ましかった。ここに一つの世界が、一つの社会が示され、私の世界や社会とはまるで違ったものとして現れた。私は、望むと望まざるとにかかわらず、ここには属さない。私の家族も、望むと望まざるとにかかわらず、ここには属さなかった。しかし本当に一方は自然に存在し、他方は人工的に存在していたのか？　ここにいる人々は自然で、私の家族は人工的なのか？　私は、浮かんでくる想念を一つの考えにまとめることができなかった。クラリネットの音が好きだったから、その音色にばかり耳を傾けた。好きな楽器と私とは、共犯だった。若い衆が二人、あんたを家に送って行ってあげるよ。ただし、夜の十二時を回ってからね、と言われた。その二人は、踊れるだけ踊っていた。私は二人と親しくなった。友情の始まりは、最初の観察にあった。給仕女は何度も食べものや飲みものを持って来てくれた。みんな、お互いのことに従事していて、餌をもらった以外、私はほったらかしにされた。この環境の中で、私は幸せでありえただろう。酒場と、そこにいる陽気な人々が好きだったから。だが、自分の恐ろしい未来を無視できるほど、私は馬鹿ではなかった。ここを去ったあと、自分の身に起こるであろうことは、これまで味わった何よりも恐ろしいことであった。いつも、私の本能的予感は的中した。私は、相変わらずびしょ濡れで、座れと言われた一隅にうずくまったままの、みじめこの上ない人間だったけれど、それでも自分なりのドラマを、教訓劇を、人形芝居を見ていた。二人の若者が、無造作に、乱暴に私を揺り起こしたとき、私が眠り込んでいたのは、無理からぬことだった。彼らは私を背負い、音楽と踊りから引き離した。氷のように冷たい、星のはっきり見える夜であった。一人が、自分の自転車に私を乗せて走った。私は彼の前に座り、ハンドルにつかまっていることができた。もう一人は、片手で自分の自転車を操りながら、もう一方の手で私の自転車をつかみ、並走させた。彼らはできるだけスピードを出して、彼らの家があるズールベルクに向かった。ひとことも言わず、疲れ切った二人のあえぐような息だけが聞こえた。彼らの家の前で、二人は私を降ろした。中から彼らの母親が出て来て、私を招じ入れると、着ていた服を脱がし、まだ温かい暖炉の横に掛けた。母親は蜂蜜入りの牛乳をくれた。わが子のように私の世話を焼いたが、何も言わなかった。その沈黙が、私の行いを責めていることを表していた。私が何も言わなくても、事情を呑み込んでいた。状況を理解するのは難しくなかった。親御さんは何て言うだろうね？　と言った。家に帰ったらどういう扱いを受けるか、私にはよく分かっていた。二人の息子は、私を家まで送ると言ってくれた。他人の家ではあったが、居心地のいい農家であった。部屋の暖かさに慣れ、濡れていた体が乾き、寒さから来る震えもおさまったとき、私は、この母親が着せてくれたフスチアン織のシャツを脱ぎ、もう一度自分の服に着替えた。息子らは私を背負い、トラウンシュタインまで送ってくれた。二人は、私たちが住んでいた建物の、タウベンマルクトに面した入口の前で私を下ろすと、いなくなった。礼を言う間もなかった。地面に立ったと思った瞬間、二人はもういなかった。私は、暗い家壁を三階まで見上げた。何も動かない。夜中の三時くらいだ。二人の若者は、後見人のシュタイア製自転車を塀にもたせ掛けて行った。その自転車を見ると、むしょうに悲しかった。間違いない。母のところに戻る前に、祖父のところに行かねば。祖父母は、エッテンドルフにある古い農家に住んでいた。エッテンドルフには有名な巡礼教会があり、毎年復活祭の月曜になるとそこで聖ゲオルク祭[*1]が催される。祖父母の家は、巡礼教会から百歩と離れていなかった。今、母の前に出たら、間違いなく修羅場が待っている。一方、祖父はみんなに敬われていた。祖父は一家の権威であって、必要なときに調停をした。その言葉が唯一至上の力を持つ判事、すなわち、判決の宣告者だった。家の呼び鈴を押したらどんなことになるか、私にはよく分かっていた。だから、それはしないことにした。私は、惨めに変わり果てた自転車を、塀と荷車とのあいだに入れて（この荷車は、必

＊1　毎年復活祭の月曜になると催されるお祭り。馬の守護聖人である聖ゲオルクを讃え、厳かに飾られた馬や楽隊の行列がエッテンドルフの巡礼教会に向かう。エッテンドルフの聖ゲオルク祭は数百年の伝統を持つ。

要とあらばどんな用途にでも使えるよう一年中そこに置いてあったのだ）、三、四キロ離れたエッテンドルフを目指し、歩き始めた。私は、この町の静かでがらんどうな感じが好きだった。パン屋にはもう明かりが点《とも》っていた。逃げたのだ、私は。タウベンマルクトから、「歯科医の小道」と呼ばれる坂を下って。この坂にはずっと昔から歯科医院があった。雑貨屋、指物師、靴屋、葬儀屋の前を通った。考えられる限りのあらゆる職業の人がここに店を構えていた。そして瓦斯《ガス》工場の横を抜け、トラウン川に架かる木橋を渡った。木橋の遥か上方には、技術の奇跡ともいうべき構築物！　鉄道橋が、巨大な姿を見せていた。祖父が、「天才的だ」、「大胆だ」と評した声が耳に残っている。鉄道橋は川の上方を、東から西へ、百メートルにも渡る空間を占めていた。思い出されるのは、午後の退屈をまぎらすため、線路の上によく石を載せたことだ。私にせよ、小学校の仲間たちにしても、機関車が谷底に落ちるさまを見たいと思っていた。だが、載せた石は小さ過ぎて、到底巨大な機関車を脱線させることはできなかった。六歳、七歳、八歳のアナーキストたちが、ヴァインライテ*1と呼ばれる地区で、暑い中、何時間もかけて石や木片を運んでは、線路に置き、近くに隠れて列車を待った。成功することはなかった。機関車が軌道を外れ、繋がれた車両もろとも奈落に落ちるなどということは、ありえなかった。石は粉々になり、木片は弾き飛ばされた。私たちは茂みのあいだにしゃがみこみ、頭を引っ込めて待っていた。私たちがアナーキストとしての企てを実現できなかったのは、体力がなかったからであり、知恵が不足していたからではない。ときには、私たちの気持ちが優しくなっている日もあった。そういう日は、石や木片ではなくて、ペニヒ硬貨を線路に載せて、特急がペシャンコにしてくれるのを楽しんだ。とりわけ上手にローリングするには、念入りに、計画した手順に従って硬貨を置かねばならなかった。下手な子がやると硬貨は飛ばされ、列車の轟音と草むらの中で、二度と見つけることができなかった。私は何度も、鉄道橋が崩落するさまを想像した。今もよく夢の中で、崩壊する橋の光景を見る。幼年時代の、根本的カタストロフのイメージだ。急流の上に、たった一本の糸で辛うじてぶら下がっている一等車両。沢山の死体に混じって、まだ生きている人間たちが破局の風に晒され、体をバタバタさせて絶叫している。そもそも、ごく幼いころから、私の夢の山場はいつも、破壊された町や、崩壊した橋、引きちぎられ、奈落に向かってぶら下がっている列車の光景だった。あの鉄道橋は、私がそれまで見たもののうちで、もっとも巨大な構築物だった。ごく小さい袋にダイナマイトを詰め、支柱の一本に取り付けて爆発させるだけで、橋のすべてが否応なく崩壊するだろう、と祖父は言った。今思うと、祖父の言うとおりなのだ。火薬が〇・五キロもあれば橋は

＊1　エッテンドルフに隣接する地区。

破壊できる。火薬を詰めた、日記と同じくらいの大きさの包みがあれば、百メートルをはるかに超える長大な橋をも破壊することができるのだ、という考えは、私をほかのどんな空想よりも恍惚とさせた。だが、橋と一緒に自分も吹き飛ばされないよう、爆破は遠隔操作でやらなくてはならん、と祖父は言った。アナーキストは、この世の薬味だ、と祖父は何度も言った。ことあるごとに祖父が言うこの台詞も、私を恍惚とさせた。むろん、この言葉を完全に、つまり、意味のすべてを私が理解できたのは、だいぶ時間がたってのことだった。私にとって、トラウン川に架かる鉄道橋は最高のものだった。とてつもなく大きな怪物を見上げるように、私は、この鉄道橋を見上げた。それは、私が生涯どう係わっていいのか分からなかった神よりも、もちろん、ずっと大きな怪物だった。だからこそ、この最高のものをどうやったら崩壊させられるか、いつも思案していたのだ。祖父は、橋を崩壊させるためのあらゆる方法を教えてくれた。火薬さえあれば、何でも好きなように破壊できる。いいか、わしは頭の中では毎日あらゆるものを壊しているぞ。頭の中では、毎日、いつなんどきでも、すべてを破壊し、崩壊させ、消し去ることができるのだ、と祖父は言った。祖父にとって、この考えこそがもっとも素晴らしい考えであった。私も、この考えを自分のものにして、生涯ずっとこれと戯れてきた。殺したいとき殺す。壊したいとき壊す。消し去りたいとき、消し去るのだ。だが、頭の中で考えたことは、頭の中で考えたことに過ぎん、と、祖父は言って、パイプに火を点した。私がよくアナーキストらしい連想を働かせて楽しんだ鉄道橋——夜、その鉄道橋の影の中を歩いて、私は祖父のもとに向かったのだ。誰にとっても、自分の祖父こそが教師であり、本来の意味での哲学者だ。ほかの大人はいつも緞帳を閉じようとするのに、祖父はそのつどそれを開けてくれる。祖父と一緒なら、眼前のものが本当は何なのか、見えてくる。観客席だけでなく、舞台が、舞台の背後にあるものすべてが、見えるのだ。祖父たちは、何千年も昔から悪魔を創造してきた。彼らがいなかったら、神様しか存在しなかっただろう。祖父を通して私たちは、この劇全体を完全な形で経験する。お粗末な偽りの部分だけを茶番劇として味わうのではない。祖父は孫の頭を、ものごとの根本が見えるところとは限らないが、少なくとも、面白いものが見えるところに向けてくれる。彼らが絶えず本質へと注意を促してくれることで、私たちは、慰めのない貧困から救済されるのだ。祖父たちがいなかったら、間違いなく私たちはこの貧困の中で遠からず窒息死するだろう。母方の祖父が、愚鈍の中から私を救い出してくれた。これまで幾十億もの人が窒息死した地上の悲劇、その荒んだ汚臭の中から、私を救い出してくれた。訓育の過程は痛みをともなわなくはなかったけれど、祖父が私を、手遅れになる前に、世間一般の泥沼から引き出してくれたのだ。幸運にも、まず頭が引き出された。そして残りの部分も。実際、人間には頭があるということ、それが何を意味するのかということを、幼いうちから私に気づかせてくれたのは、祖父だけだった。歩く力に加えて、考える力もできるだけ早く発揮しなければばならないということを、気づかせてくれた。いつものようにこの夜も私は、まるで聖なる山に登るかのように、祖父のいるエッテンドルフへ、低地から高みへと、登ったのだ。せせこましく、けがれた、まずもって反吐が出そうなものすべてを、あとにした。冷酷と低俗が統べる愚かな世界の、おぞましい汚臭を、あとにした。足取りは厳かなものとなった。呼吸は深くなった。山上へ、祖父のもとへ、私の最高の裁判官のもとへ行くのだ。私は、低俗な犯罪者から、碌でなしのひどく悪辣な輩から、疑わしい落ちぶれた手合から、崇高な誇りを最良の特質とするひとかどの人物へ、至極当然のように変貌した。これほど短時間で自転車の操縦を覚え、ザルツブルクの近くまで行こうなどと考えるのは、特別に知性のある、特別な精神的才能に恵まれた人間だけだ。もう少しのところで失敗に終わったとはいえ、それで成し遂げた奇跡にけちが付くわけではない、確かに、私はそう考えた。だって、この失敗にも、僕のすごさが見てとれるじゃないか。私は祖父のもとへ歩きながら、心の準備をした。上へ上へと坂をあがり、祖父の家へ近づけば近づくほど、それだけはっきりと私は、自分が何を成し遂げたのかを自覚した。疲れすら感じなかった。あまりに興奮していた。我々は絶えず活動していなければならん、決して無為に過ごしてはならんのだ、祖父のこの言葉が、いつも私には聞こえていたし、今も私の日常を支配している。上へ上へとのぼりながら、絶えず私はこの言葉を唱えた。何をするのでもいい、何かをしなければならん、エッテンドルフ山上の賢者は言った。活動する者は聖者だ。たとえ、もとより堕落したこの汚辱まみれの世界で、犯罪者の烙印を押されるとしても。まるっきり何もしないことに比べたら、どんな犯罪であっても犯罪のほうがまだましだ。この世でもっとも憎むべきは、何もしないことなのだから。いつもとは違う時間帯だったが、これから私は、自分が疑いなく最高と考えている行為について報告しなければならなかった。祖父の前で語るべき物語をごく細部まで練り上げた。祖父の家までまだ二、三百メートルも残っていたが、もう仕上げにかかっていた。明解で、簡潔な話を、祖父は好んだ。回りくどい饒舌、長々とした前置きや脱線を嫌った。何かを披露しようとするとき、誰もが饒舌の病に罹患する。祖父は、周囲の誰かが素人臭い話をするときのくだくだしさに閉口していたし、そもそも祖父に何か語ろうとする人は、どのみち、祖父から酷評されることを覚悟しなければならなかった。私は、祖父が饒舌を嫌悪していることを知っていた。半端な教養人は、時間がたって酸っぱくなったお粥ばかりを食卓に出してくる、と祖父は言った。祖父の周りには半端な教養人しかいなかった。あいつらが声をあげるたびに、吐き気がするわい、と祖父は言った。死ぬまで祖父は、素人臭い饒舌を憎んだ。素朴な人間が語るとき、それは恵みだった。素朴な人間はお喋りしない。語るだけだ。物知りの度合いが高まるほど、その饒舌は耐え難くなる。祖父のこの言葉を思い出しながら、私は報告の準備をした。左官や木こりの話は聴くに値する。教養人、いや、実は「教養人」と呼ばれている人間しかおらんのだが、いわゆる「教養人」の話は、とても聴いてはおれん。残念だが我々は、お喋りどものお喋りばかり聞かされる。ほかの人間はたいして言うこともないのをよく知っているから、黙っているのだ。私は、聖なる山の高みまで登りきっていた。黎明が、祖父母の家の前への私の到着に劇的効果を与え、私の登場を有利なものにしていた。だが、私にはまだ垣の内側に入る勇気がなかった。まだ朝四時にもなっていなかった。今、自分が来たことを告げるわけにはいかなかった。それは許されぬことだった。私は、それまで考えていた戦略をすべてやめ、何もかももう一度徹底的に考え直さねばならなかった。寝ている祖父母を起こすことになれば、即、不利な立場に立たされる。無作法な振舞いは二人の気分を害し、そのことでも私は後ろめたく感じるだろう。祖父母がここに何年か前から住んでいた家は、ある農夫の所有物だった。その農夫は、六、七頭の乳牛を飼育し、背中の曲がった、ほとんど耳の聞こえない女房と一緒に、農地と家を切り盛りしていた。祖父母が本物の農家の建物に住んでいるということ、いわば精神が物質のなかにあるのだと意識できるのは、ほとんど僥倖と言ってよかった。私は家畜小屋と家畜が好きだったし、農家の匂いが、農民が好きだった。逆に農民にも愛されていた。いや、思い込みではない。搾乳を見ていることが許されたし、牛に餌をやったり、体を洗ってやったりした。子牛が生まれるときは、出産に立ちあった。私は耕作や、種まきや収穫の際もその場にいた。冬は農民一家と一緒に居間で過ごすことが許された。ほかのどこにいるときよりも幸福だった。そして、自分が中に入るだけで幸福を感じた家の二階に、祖父と祖母がいて、幸福感を完璧にしてくれたのだ。ここから、彼方に、バイエルンに張り出す東北アルプスの山々、ホーホフェルン、ホーホゲルン、カンペンヴァントを望むことができた。それら山々の麓にはキーム湖がある。東風が吹く日なら、バルコニーに出て耳を澄ますと、ときおりモスクワの鐘の音が聞こえる、と祖父はよく言った。その考えに私は恍惚とした。私には一度もモスクワの鐘は聞こえなかった。が、祖父がときどきそれを聴いていることは、信じて疑わなかった。下の、トラウンシュタインの町は、堆石丘[*1]の上に出来ていた。だが、エッテンドルフはずっと上にあった。祖父はいわば、英知の山から、下界の小市民根性を見下ろしていたのだ。下界にはカトリシズムが、愚鈍の笏《しゃく》を振り回して君臨しておる、と、祖父は何度も言った。エッテンドルフの下にあるものは、蔑みに値するだけだ。こせこせした商売っ気、いや、そもそも偏狭で、低俗で、愚かだ。小売人どもが羊のように何も考えず、教会の周りにたむろして、年がら年中、死ぬまでメーメー鳴いている。小さな町ほど反吐が出るものはない。特に、トラウンシュタインのような町はもっとも嫌な類だ。ここに足を踏み入れて二、三歩歩くだけで、もう穢れてしまう。住んで

＊1　氷河の流動によって岩くずなどが堆積して出来た地形。

いる誰かと二言《ふたこと》三言《みこと》言葉を交わしただけでもう、吐かずにはおれん。本当の田舎に引っ込むか、それとも大都市に住むか、どちらかだ、これが祖父の考えだった。残念ながら、祖父の娘婿、つまり私の後見人は、ここにしか定職を見つけることができなかった。だからわしらは、この嫌悪すべき空気の中に存在しなければならんのだ。まあ、わし自身はエッテンドルフにおるからいいが、下のトラウンシュタインに住むことになどなったら……いいや、自殺した方がましだ。散歩しながら祖父は、一言一句この通り話した。「自殺」という言葉は、祖父が口にする最も当たり前な言葉の一つだった。ごく幼いころから私は、とりわけ祖父の口を通してこの言葉に親しんだ。この言葉の扱いに私は慣れていた。祖父は、私と話す際、私に何か教えようとする際にいつも、当然の確認として言った。自分の意思で、自殺によって世界からいなくなること、いつでも、好きなときに自分の命を絶つこと、これこそ人間の一番大切な財産なのだ、と。祖父自身、生涯ずっとこの考えを抱きながら生きてきたし、これは祖父がもっとも熱心に取り組んだ考えであった。私は、これを自分のものとして受け継いだ。わしらは、いつでも好きなとき、自ら命を断てる、そう祖父は言った。できるかぎり美的にな、と、祖父は言った。自分を消し去ることができるという考えは、唯一、本当にすばらしい考えだ、そう祖父は言った。日々の糧を持って来てくれるのは、「お前の父親だ」。祖父は、自分の娘婿に対して好意的な気分のとき、私に向かって彼をそう呼んだ。逆に、いまいましく思っているとき、娘婿を「お前の後見人」と呼んだ。お前と、お前の母さんはそれを食べて生きている。わしらみんながその糧に頼ることも少なくない。つまり、わしらは受け入れねばならんのだ。お前の父親（あるいは後見人）がこのひどいトラウンシュタインにおらねばならず、わしらのパンを稼いでいるという事実をな。ほかの選択肢はなかったのだから。わしらは失業の犠牲者だ。オーストリアのどこを探しても、ドイツのどこを探しても、ここにしか、お前の父親（あるいは後見人）が働ける職場はなかった。わしはこの小都市の人間が嫌でたまらん。憎んですらおる。だが、自殺などするものか。両脚の上に胴体ばっかり乗っけて、頭というものを持っておらんこんな碌でなしどものために、死んだりなどできるか。祖父は、母が食事に招いたときにだけトラウンシュタインに降りて来た。これまで私が知り合った女性のうち、母ほど料理の腕が優れた人はほかにない。戦時中、材料と言えるものがほとんどない中で、母は逸品と言えるものを作りあげた。この点、母の右に出る者はなかった。「あり合わせ料理」とか「いつもの家庭の味」という言い方を聞くと私はゾッとするが、母の手料理は例外だった。だから祖父は、祖母と連れ立って週に二、三回、子牛の骨付き肉や、網焼きステーキ、トプフェンシュトゥルーデル[*1]を食べに

＊1　凝乳を詰めて焼いた渦巻きパイ。オーストリアの代表的デザートの一つ。

大嫌いなトラウンシュタインに降りて来なければならなかった。昂然と頭を聳《そび》やかした二人が、お昼近くになると、エッテンドルフからトラウンシュタインへと下って来たのだ。祖父母が住んでいる農家の夫婦には、私と同じ年頃の孫がいた。孫は一階の部屋で寝ていた。通称「ショルシ」と呼ばれたこのゲオルクの存在が、エッテンドルフに私が惹かれたもう一つの動機だ。ショルシは、トラウンシュタインではなくズールベルクの小学校に通っていた。だから私はトラウンシュタインにいるときいつもエッテンドルフに行くことばかり考えていたのだ。ショルシは頭が良くて、私の祖父を尊敬しており、祖父が語ることすべてを貪欲に吸収した。祖父も彼が好きだった。ショルシもまた、父親ではなくもっぱら祖父母に育てられていた。ときおり父親を見かけたが、母親を見ることはなかったし、この母親について私は何も知らなかった。農家の夫婦は、孫を農家の子らしく教育した。ひどくつましい、いや、実際貧しい環境の中で育てられていた。学校に通いながら重労働もしなければならなかったが、彼自身、農家の仕事を心から愛していた。このショルシと一緒に、私は、沢山の子牛を母牛のお腹から引っぱり出した。彼は私よりも力が強く、彼のお祖父さんそっくりだった。髪は明るいブロンドで、私と違い、計算が得意だった。どんな算数の問題も数秒で解いた。冬のあいだ、私はこの農家の二階にいる私の祖父母のもとで過ごすか、さもなくば、もっぱら一階の居間にいて、ショルシや彼の祖父母と一緒に過ごした。祖父が原稿に向かおうとするとき、私が階下に下りてくれたら、祖父母には都合がよかったのだ。ショルシは私の相棒であり、いたずら仲間であり、祖父は別格として、一番親しい人間だった。最近会ったのは、二、三年前だ。私も彼もちょうど四十五になっていた。ショルシは頭がおかしくなり、祖父母から相続した家に籠もったきり、二年間、一度も外に出なかった。かつて私の祖父母が住んだ二階に彼はいて、上がって行こうとする人があると、来たら殺す、と脅かした。何年も髪を切っておらず、人と話すことをもう忘れていた。けれども、私が訪ねて行くと喜んで、わけの分からぬ言葉をつぶやいた。トラミーナ・ワインの瓶を開けて、二人で飲み干した。ほとんど沈黙したまま。彼は何度も、君のお祖父さんをありありと思いだすよ、今でも大好きだし、ほかの誰よりも尊敬しているさ、と言った。落ちぶれても素朴さを失わない彼に、私は自分が恥ずかしくなった。自分のことを話してみたが、理解してはもらえなかった。余計なお喋りに過ぎなかったのだ。その一方で、私は考えた。自分はいわば、体は「かたわ」だが、頭ははっきりしている、だがこの男は、朦朧としてなまくらな廃人だ。この廃人の中で、魂はもはや長居できないだろう、と。ただ、ときおりショルシの目に、魂のほむらが走るだけだった。ショルシと過ごしたこのときの光景は不気味ではあったが、書いておかずにはいられない。何メートルもの長さの蜘蛛の糸が、家中を覆っていた。あらゆる言葉、あらゆる感覚に腐臭が纏《まと》わりついた。彼の父は、ミュンヒェンで経営していた電気店が破産したあと、首を括った。それが息子の人生を破壊した。祖父母は亡くなり、家と彼の財産は朽ちて行った。信じられない光景だった。昔は綺麗に整えられていた家の周囲には、百台ほどの廃車が捨てられ、ほったらかしになっていた。髭が顔全体を覆っている二人の男、汚れでゴワゴワのオーバーオールを着た二人の男がそこにいて、ショルシのことを尋ねると、ほとんど同時に二人とも、人差し指でこめかみを指した。二年ものあいだ二階から降りて来ないんだ。俺たちが食料を調達してやってるんだが、二階に上がることは許さないんだよ。とっくに禁治産の宣告を受けていい筈だが、まだこの家の持ち主なんだ。二人は、やめたほうがいい、と言ったが、私は家に入り、二階へ向かった。汚れと髪の毛ばかりの、人とは言えないものが、ドアを開けた。けれど、その汚れと髪の中から、幼いころ好きだったあのショルシの目が光っていた。彼はすぐには私が分からず、三度も私は、「トーマスだよ」と繰り返さねばならなかった。するとようやく分かってくれた。私が入ることは許された。すっかり人生を捨ててはしまったけれど、それでもまだ、自殺まではしていない人間、それは、まさにこんな風なんだろうな、と思った。この男の父親は自殺したが、彼自身は自殺しない。おそらく自分の父親が自殺したということが、今日まで彼が自殺しなかった理由なんだろうな、と私は考えた。そうしたことを考えながら、私は、変わり果てた眼前のショルシを通して、我々の共通の幼年時代を思い出していた。それは今でもそこにあり、生きていたのだ……。話を戻すが、私はこの友人の寝室を、窓の外からのぞいてみた。彼はぐっすり眠っているのに相違なかった。ほかの農家の子と同じように、毎日働けるだけ働かされ、いつも疲れ切っていた。窓を敲《たた》こうか、それともやめておこうか。私は敲いた。ショルシは窓の向こうにやって来て、開けてくれた。今もこのときの光景がはっきり目に浮かぶ。彼は玄関のドアを開けてくれた。ひんやりした彼の部屋に座ると、私は、自分の冒険譚をショルシに語った。それは彼に、期待した通りの強い印象を与えた。「ほとんどザルツブルクまで」、「そのすぐ近くまで」行ったんだ、と、私は言った。ザルツブルクの町の灯が見えたんだよ。ただ、ファニー叔母さんの住所を知らなかっただけさ。私が語ったこと、そのすべてに、ショルシは感嘆した。物語が新たな展開を見せるたび、感嘆は大きくなった。もちろん、彼はまだ一度もシュタイア製の自転車に乗ったことがなかった。それを自分で漕いで遠くまで出かけたら、なんて気持ちいいことか！　自分のことを報告しながら、私は、まるで人の体験談を聴くかのように物語に酔った。報告は一語ごとに熱を帯び、思い入れが昂ずるあまり、全体に一連の抑揚がほどこされた。それは報告全体を味付けする潤色、あるいは、付加的な作り話だった。嘘とまでは言わないにしても。私は、窓の横の腰掛に座り、ベッドに座ったショルシを前にして、波乱に富んだ冒険譚を報告した。それが本当の出来事、事実であることに疑問を挟む余地はなかったけれど、上手な話芸として受けとめられることを、私は信じていた。効果的と思えるところは長めに語った。強めるべきところは強め、弱めるべきところは弱めた。常に、物語全体のヤマを目指して進むよう、大事なことを先走って話さないよう、劇詩の主人公である自分を決して見失わないように気をつけた。私は、ショルシが何に魅力を感じ何に関心が薄いか知っていたから、この知識が、報告の基礎となった。もちろん、家の中の誰かに気づかれることがないよう、声を張り上げたりしてはいけなかった。報告を終えたときには、もう日がかなり高くなっていた。最後にわずかな言葉を付け加えることで、みじめな失敗を勝利に変える才が、私にはあった。報告は成功した。この日の朝、ショルシは私が英雄だということを信じて疑わなかった。祖父は、咎めるような眼差しで私を迎えたが、手を握ったときの感触は同時に、なんにも心配は要らんぞ、と告げていた。何が起こったにせよ、許されたのだ。祖母はおいしい朝食を食卓に並べていた。祖母の用意する朝食は格別だった。私は多くを問われることはなかった。私が元気で、ここにいるという単純な事実が、二人を喜ばせた。祖父は立ち上がり、仕事をするため書斎に向かった。「小説を書くという仕事」だ。この言葉に私は、何やら恐ろしいと同時にまったく尋常でないことがらを想像した。祖父は、大きな毛布を革ベルトで体に巻きつけ、書き物机に向かった。祖母は立ち上がり、防音ドアを閉めた。まだ幼いうちから私は、この二人、私の祖父母こそ、世界で一番幸せな人間だと感じていた。二人が生涯を終えるまで、それは変わらなかった。私にとって幸運だったのは、祖父母がこの日、母から食事に呼ばれていたことであった。祖父に手を引かれ、祖母の横にならんで、つまり、この上ない庇護者に守られながら私は、トラウンシュタインへ下って行った。勝利は確かだった。つい二、三時間前、頭を垂れてのぼってきた同じ道を、今度は昂然と頭を上げ、私は、エッテンドルフからトラウンシュタインへと歩いたのだ。母は私をもてあましていた。今回のようなことをしでかすと母は、私を文字通りひどく打ちのめした。たいてい、台所の棚に置いてある牛革の鞭《むち》を使った。私は、台所か部屋の一隅にうずくまり、ひどく芝居がかった振舞いであることを自覚しながら、両手で頭を覆って、大声で助けを求めた。ほんの些細なことでも、母はすぐ牛革の鞭を手に取った。体への折檻ではまったく効果がないことを見てとった母は、最後に、恐ろしい言葉を浴びせて私を懲らしめようとした。言葉はいつも私の心を深く傷つけた。「お前みたいな子が生まれるなんて！」、「どこにでも行っておしまい！　お前がいるから不幸なのよ、私は。」「よくも私の人生を台無しにしてくれたわね！　全部お前のせいよ！」「死にたいくらいだわ、お前のせいで。碌でなし！　お前みたいな子がいて恥ずかしい。」「父親とおんなじね。碌でなし！　役立たず！　もめごとばっかり起こして、嘘ばっかりついて！」そう言った。これは、おりにふれ母が私に浴びせた言葉のほんの一部に過ぎないが、私に対して母がいかに無力だったかを示している。母は、私をどう扱ったらいいのか、分からなかったのだ。実際、彼女の真の幸福を阻み続けているのは自分だ、という印象を、母は私にいつも与えた。母は、私を見ながら私の父を、自分を捨てた昔の恋人を見ていたのだ。私の中にはっきりと、自分を目茶目茶にした男の姿を見た。同じ顔だった。私も一度は父の写真を見たことがあるから知っている。啞然とするほどそっくりなのだ。私の顔は父の顔に似ていたのではない、それは、「同じ顔」だった。人生最大の幻滅、最大の敗北。私がこの世に生を受けたとき、それが、母に現前したのだ。それから毎日、私と一緒に暮らしながら、同じ幻滅と敗北が母を苦しめた。もちろん、母の愛は感じた。だが、同時にそれが、父への憎しみによって妨げられていることも感じた。こうして、非摘出子である私への、母の愛は、その子の父親、つまり私の父に対する母の憎しみによって抑えつけられ、一度として自由に、ごく自然に発露するということがなかった。母は私を罵りながら、実は父を罵っていたのだ。どのような事情があったにしろ、自分を捨てて去った父を。打擲《ちょうちゃく》しながら母は、私を打ったばかりでなく、不幸の張本人を懲らしめていた。牛革の鞭は、私だけでなく、そのつど、父にも向けられていた。父は、家族のみんなから完全に黙殺され、祖父ですら、父について話すことはなかった。父は存在してはならなかった。いなかったのだ。幼くして私はもう、父のことは尋ねなくなった。すぐにみんなが腹を立てたから。それまでどれほど楽しい気分が支配していたとしても、父のことを尋ねたとたん、空気が陰惨なものに変わった。家族のうちの誰一人、まったく何にも父のことを話してくれなかったことからして、私の父は、このうえなく卑劣な重大犯に違いないのであった。私は母を心から愛していたし、逆に母の方も私を同じくらい、またはそれ以上に愛していた。しかし、母と子の相思相愛は発現されなかった。母の生きていたあいだずっと、見えない怪物がそれを妨げていた。卑劣な、嘘にまみれた男、ときおりそういう言葉で触れられるだけの、目に見えないその男は、母と私にとって、一生、幸福の破壊者であり続けた。「長い手紙を書いては寄越したけれど、何もかも下劣だったわ。沢山約束はしたけれど、嘘ばっかりだった。確かに巧みだったわよ。嘘をつくことにかけてはね。」そう、母は言った。なぜ、祖父も黙っていたのか、私には謎だったし、今に至るまで謎のままだ。「才能はあったけれど、底なしに卑劣だったわ！」母は、頻繁にそう言った。「オーデル河畔のフランクフルトで五人の子供をもうけたそうよ。お前とおんなじような子供ばかり、五人もね」、云々。少なくともさしあたり、牛革の折檻は免れた。祖父は、怒りをこらえて黙っている母のそばを通り、私を「居間」に連れて行った。そこには既に食事が用意されていた。みんな座った。黙って食事を摂りながら、母は憤りに震えていた。同時に私は、母がかなり消沈しているのを見て取った。自分が心底母を愛していることを、逆に母の方も心底私を愛してくれていることを、感じた。食事をしながら、何かのきっかけがあったときに母は、警察にも連絡したのよ、と言った。近所中に知らせたという。夜が明けてみると入口の壁に、目茶目茶に壊れた自転車が立て掛けてあったわ。とんでもない醜聞よ！　そのうえ学校まで休むなんて。碌でなしよ、お前は。せいぜい左官の職人頭がいいとこね。いつも母は、「左官の職人頭」と言って私を脅かした。それは、鋭く研ぎすまされた武器だった。実際、この言葉は胸に突き刺さった。本当に母の言うとおりだと思った。なぜなら、学校での私の成績は散々だったから。教師は私に何も期待していなかった。実際ごく簡単な計算すらできなかったし、書き取りも散々な結果に終わった。このままなら落第だぞ、と警告された。私は、押し付けられた教材にまるで関心がなく、限りなく退屈に感じていた。それゆえ注意力が散漫だった。私の散漫は誰の眼にも明らかだったが、特に教師はすぐに気づいた。祖父は常に、とにかく切り抜けることだ、どんな形でもいい、成績などわしは何とも思っておらん、肝心なのは進級することだ、ほかはどうでもよろしい、とだけ言った。ところが今、進級すらできるかどうか危ういのだ。これまでは結局いつも奇跡に救われていた。成績は一年中ずっと「可」か「不可」だったが、進級がかかったとき、なぜか上がることができた。私はこのメカニズムに頼った。同様に祖父も、このメカニズムを信じているようだった。進級できるかどうか、いつも家の食卓で話題になったが、祖父はちっとも真面目に受けとめなかった。この子は並外れて頭がいい、教師どもにはそれが分からんのだ、呑み込みが悪いのは教師どものほうで、この子ではない、この子は利発だが、教師どもは俗物だ。祖父母が来て、我が家で食事するとき、いつも学校のことが長々と議論された。結局、いつも祖父が、この子は天才だ、と言って、このいやな話を終わらせるのが常だった。この日は、私の並外れた非行、いや、犯罪を目の前にして、誰もが不安で、学校のことはまったく話題にのぼらなかった。みんな、この日の肝腎の問題には触れないよう用心していたから、母のあの言葉、警察にも知らせたし、近所中にも知らせた、という言葉以外、誰も、何も私のことには触れなかった。何がこのとき話されたか、今となっては思い出せないけれど、とにかく私のことではなかった。母は教育家ではなかったし、今回のような場合、祖父が示す態度は、実際とんでもないものであった。少なくとも、はたから見たらそうなのだ。祖父は混沌《こんとん》を愛する無政府主義者《アナーキスト》だから。もちろんそれは、精神的な意味でではあるけれど。母は逆に、生涯のあいだずっと市民的世界に、少なくとも小市民的世界に根を下ろそうと努めていた。しかしそれが成功することは、無論ありえなかった。祖父は並外れたもの、常軌を逸したものを愛し、対極的なもの、革命的なものを愛した。逆説の中で生き生きとし、完全なる対立を自らの存在基盤とした。母は、平凡さの中に支えを求めることによって、自らを主張することができた。世間で言うところの幸福な、つまり調和的な家庭こそ、生涯、母が求め、願ったものであった。彼女は自分の父親の知的無軌道ぶりに苦しめられ、その精神的奔放さのためにいつも消え入りそうだった。父親を生涯深く尊敬してはいたが、同じくらいに強い母の願いは、自分にとって混沌として破壊的な、一貫して非建設的な父親の思想的影響から逃れることであった。無論うまくは行かなかった。母は、現状に折り合いをつけねばならなかったのだ。そのことが、母の気持ちを生涯ずっと暗くしていた。周りの人間を並々ならぬ緊張状態に置く父、その挑発的頭脳に対し、彼女は、とっくにあらゆる抵抗をやめていた。彼女は、この専制君主を敬った。愛する父である専制君主を。その父は、無論意図してのことではなかったけれど、娘の破壊に向かっていたのだ。近くにいながらその影響を逃れ、自らを救うには、無条件にこの専制君主に服従するしか、術はなかった。愛するがゆえに服従するしかなかった。逃れたいと願いながらも、尊敬し愛すること、母にとっては、それだけでは充分でなかった。世間一般に「普通」とか「平凡」と呼ばれるものが、我々のような存在にとってどれほどマイナスであるか、無論、母もそれは分かってはいたのだが、それにもかかわらず、これに憧れたのだ。しかし、その平凡さに祖父は、嘲りと侮りと心からの蔑み以外、何も示さなかった。祖父は、ごく若いころに、このいわゆる「普通さ」から逃げ出した人間なのだ。肉屋の親方とか炭の卸商人といった生き方は、祖父にとって議論にも値しなかった。祖父の言葉で言えば、「大衆に埋没すること」、それを祖父は大人になる前から拒絶していたし、私が物心ついてから、繰り返し私にも拒絶するよう教え込んだ。もちろん、いわゆる「普通の生活」をしていたら、母は随分助かったことだろう。私たちにとって毎日がいわば綱渡りの日々であって、四六時中、落っこちないよう恐れていなければならなかったから。みんないつも綱の上を歩いていて、絶えず落下する危険に脅かされていた。落ちたら死ぬ。仕事をしてお金を稼いでいた私の後見人は、絶えず揺れ続けるこの家族の綱渡りに関しては、新米で、一番下手糞だった。綱は、実際いつでも落ちれば死ぬくらいの奈落の上に、セーフティネットもなく張り渡されていた。それを望んだのは祖父だ。つまり我々は、綱の上で踊るサーカス一家だったのだ。一度も、一瞬たりとも綱から降りようとせず、その上で踊っている私たちの練習は、日を追うごとに難度が高くなった。私たちは綱の上に囚われの身となっていて、生きのびるための技芸を実演していた。いわゆる「普通の生活」は我々の下にあり、その「普通さ」へと落下していく勇気が、私たちにはなかった。まっ逆さまに落ちたら、確実に死ぬことが分かっていたから。義理の息子であり、夫であり、私の後見人でもある人は、もう引き返すことができなかった。この人の練習するさまは憫笑をかった。彼はぎゅうっと綱を握りしめているほかはなく、もはや降りることはできなかった。母に選ばれ、何の予感もなく我が家に来た彼にとって、祖父とその一家が放つ眩惑の力は、大き過ぎた。ひとたび綱の上にひっぱり上げられたからには、頑張りとおすしかなかった。無理やり上に上げられたのだ。落ちそうになるたび、そのつど捕まえられ、二度と放してはもらえなかった。しかし、綱の上では、しっかりとつかまっている以外のことは一生できなかった。彼が演じていたのは技芸ではなく、たいていは、奈落の上で助けもなくバタバタしていただけだった。ときおり、彼の叫ぶ声が聞こえた。だが、この「馬鹿」は——祖父がよくそう言っていたのだ——再び立ち上がって、一緒に踊り出した。サーカス一家は、自分たちの目的のために彼を利用した。一家は綱の上ではるかに芸達者で、絶えず自分の芸に感嘆していた。観客がいなかったから、自画自賛するしかなかったのだ。いずれにしろ、目を開けて見ている観客などいなかったから。祖父は、農業と小売業と飲食店を営む家の出で、祖父の父は二十歳になってやっと何とかこうにか字が書けるようになり、カッタロ[*1]の要塞から自分の父に宛てて手紙を書いたことがあった。その手紙は自分が書いたのだという曽祖父の言葉を、祖父はいつも猜疑心をもって聴いていたという。何十年もビールを注いで出すこと、農家から二輪車で配達されたバターを味見すること、土地や建物について絶えず相場を張っていること、それらは祖父にとって、幼いころから胡散臭いことに思われた。売買という思想は、単に財産を増やしていくことにしか繋がらなかったから。それで祖父は、二十歳になるころには自分の取り分をすっかり放棄した。祖父の姉マリーも、この愚鈍なメカニズムに従うことは無理だと気づき、若くして、エガー[*2]出身の画家を名乗る男と結婚した。画家はのちにメキシコで有名になり、今でも大新聞の芸術欄に彼の記事が載るほどだが、その知名度に耐え切れず、画家の娘は何十年ものあいだオリエントを彷徨《さまよ》い、パッシャからパッシャへ、シャイヒからシャイヒへ、バイからバイへと[*3]男を渡り歩いた。四十代になると彼女は、すべてのパッシャやシャイヒやバイたちに別れを告げ、オリエントで過ごした時代の黄色い思い出を携え、ブルク劇場にやって来た。並みの女優としてネストロイの笑劇や、一度はゲーテの『イフィゲーニエ』でもいい演技を見せていたという。今日でも、ヘンドルフ近郊のヴァラー湖に面したマリア峡谷の岩壁に、エガー出身の義理の息子のために曽祖父が建てたアトリエを眺めることができる。約二十メートルの高さのガラス窓があり、母の記憶によると、そのガラス窓で何匹もの蛇が陽を浴びていたという。祖父の姉ロジーナは実家に残った。純粋な、本当の田舎娘で、ヘンドルフから十キロも遠くへ出かけることができず、一生に一度もウィーンに行ったことがないし、おそらくザルツブルクにも行ったことがないという女だった。私は、三歳か四歳のとき、そしてそのずっとあとにも、祖父の実家で商売の切り盛りをする「女帝」ロジーナお婆さんを見て、すごいと思った。祖父の兄ルードルフは、営林官の仕事に逃げ場を求めたが、ヴァラー湖とモント湖の周囲一帯に広がるウニベラック伯爵家の森林管理をしていたとき、三十二歳で自殺した。とにかく「これ以上、世界の不幸に耐え」られなかったからだ。遺体と、遺体を見張るダックスフントの横に落ちていた紙に、本人の筆跡でそう書いてあった。ロジーナ以外、みんな逃げ出した。虚しく同じように過ぎていく村の生活にうんざりしたのだ。マリーはオリエント[*4]に、ルードルフは直接彼岸へ、祖父は神学校からスイスへ逃げた。スイスの大学で技術を学び、同じ

＊1　ダルマチア（現在はスロベニアのアドリア海沿岸地方）の地名。
＊2　ハンガリーの一都市。
＊3　パッシャ、シャイヒ、バイはいずれもイスラムの高級官僚の位階。
＊4　原文通り。

志を抱く二、三のアナーキストと、行動をともにした。レーニンとクロポトキンの時代だった。とはいえ、祖父が向かったのはチューリヒではなくバーゼルであった。髪を長く伸ばしていた。ズボンは擦り切れ、ほつれていた。当時の写真を見れば分かる。悪評高いアナーキストの鼻眼鏡を掛けていた。だが、祖父は自分の力を政治ではなく文学の方に向けた。有名なルー・ザロメの家の隣に住み、姉のロジーナから、バターとソーセージの木箱を毎月送ってもらった。祖父の恋人、つまり、のちに私の祖母となった人は、気の進まない結婚を親に強いられ、何年間もザルツブルクで縫製師の前夫と嫌な結婚生活を送ったあと、この前夫と二人の子供を捨てて、バーゼルに現れた。祖父の首にしがみつき、これからは貴方と一緒に暮らします、どこであろうと、永遠に一緒にいるわ、と誓った。それで母は、バーゼルで生まれた。珠のように可愛い子供だった。その珠のような子は、大人になっても美しさを失わなかった。母の美しさに私は感心したし、誇りに思っていた。小さい時分から、母が私をどう扱っていいか分からず、困惑しているのを感じた。私はその困惑を利用した。だから母は牛革の鞭を手にするしか術がなかったのだ。私の頭を打っても、どこを打っても効き目がなかったとき、最後の手段として、前にも書いた一連の言葉を浴びせた。言葉の恐怖から逃れることはできっこなかった。鞭より百倍の効き目があった。母は私を折檻したけれど、教育はしなかった。自分の子供の誰一人、教育する力が母にはなかった。弟も、妹も無理だった。弟が生まれたとき、私は七歳、妹が

「この世の光を浴びた」とき、私は九歳だった。私は牛革の鞭を恐れてはいたけれど、打たれてもそれはたいしたことではなかった。あの残酷な言葉を放つことで、母は、望みどおり安穏を得ることができた。だが私の方はそのつど最悪の奈落に落とされ、一生そこから這い上がることができなかった。「お前みたいな子が生まれるなんて！」「死にたいくらいよ！」この言葉に、今も夢の中で苛《さいな》まれる。母自身はこの凄まじい効果のことは何も知らなかった。感情のはけ口が必要だったのだ。自分が生んだ子は、化け物だ。耐えられないほどの。策略によって生まれた子、悪魔の子だった。私が、病癖のようにもめごとばかりおこすのを、母は、どうにもできなかった。自分の生んだ子が、並大抵の子供ではないということ、恐ろしいことをしでかす子供だということを知っていた。恐ろしいこととは何か。それは犯罪しかありえない。母の目には、少なからぬ実例が見えていた。母は自分の弟、つまり私の叔父のことを考えていた。一家の天才ではあったが、地獄のような「発明の豊かさ」ゆえに(祖父はそう言った)、結局、身を持ち崩した。母は、私が特殊な教育施設または監獄に入れられるのを見た。私は、救いようのない子供、悪の諸力に売り渡された子供だった。母には母なりの宗教があった。むろんカトリックではない。彼女の父親、つまり私の祖父がいては、カトリックへの帰依は不可能だった。祖父はカトリックに対して徹底的に否定的だった。祖父にとって、カトリックは極めて低俗な大衆運動にほかならなかった。人を痴呆化し、骨の髄までむさぼる団体、休みなく徴発して空前絶後の財を築いた団体にほかならなかった。祖父の目から見れば、ありもしないものを売り歩いて何とも思わないのが教会だ。つまり神様を売る、同時にまた悪しき神をも売る。そうやって世界中で何百万もの極貧にあえぐ人々を容赦なく搾取する。それも、教会の資産を拡大し続けることだけが目的だ。教会は集めた財を巨大産業につぎ込み、無数の金塊の山や無数の証券の束に変え、世界のほぼすべての銀行に預けて確保している。誰だって、ありもしないものを売ったりしたら、訴えられ、処罰される。ところが教会は、神と聖霊を何千年も前から公然と売り歩いて罰せられることがない、そう祖父は言った。しかも搾取の黒幕たちは豪奢な宮殿に住んでいるのだ。枢機卿にしても、司教にしても、何にもないものの代金を取り立てる鉄面皮な徴収人にほかならない。母は信心深い人だった。教会は信じなかったし、自分の父親が生前、もう死んだ、と繰り返し言っていた神も、おそらく信じてはいなかった。それでも母は信じていた。自分の信心に執着していた。一方で、ほかの信心深い人々と同様、自分がこの信心にだんだん置き去りにされていくのも感じていた。今でもはっきり覚えている。この会食の終わりごろ、私のしでかしたことがやっぱり話題になったのだ。祖父は私のために長めの弁明を始めた。学校など何の意味もない。だから学校をずる休みしても何の問題もない。学校一般、特に小学校は、若い人間をその人生の出だしにおいて破壊する恐ろしい機関なのであって、学校そのものが子供の殺戮者だ。ここ、ドイツの学校では、愚かであることが規則であって、学校を動かしている精神とは、非精神だ。だが、学校に行くのが義務である以上、わしらは、子供を駄目にすると分かっていながら、自分の子を学校にやらねばならん。教師どもは破壊者だ、と祖父は言った。人間が卑屈で低劣になることを教えるだけの、唾棄すべき怪物どもだ。孫が学校へ行く代りに駅で入場券を買ってローゼンハイムでもミュンヒェンでも、フライラッシングでも行ってくれたら、なんと嬉しいことか。「その方が子供のためだ、学校はいかん」、と祖父は言った。「教師どもの多くは実に卑劣だ！　家でかみさんに首根っこを押さえられているから、学校で子供相手に憂さ晴らしするのだ。わしはいつも教師を嫌ってきたが、間違いではなかった。これまで出会った教師は一人の例外もなく、すぐ、低俗で卑劣な性格を露わにしたものだ。」警官と教師は悪臭を地上に拡散させている。「ところがわしらは、この職業を廃止することができんのだ。」教師とは、子供を歪め、妨げ、破壊する存在以外の何者でもない。学校に子供を連れて行くことで、我々は、自分の子供を、日々町で出食わす大人と同様の不快な人間に、つまり屑にしているのだ。とはいえ、学校をサボるといわゆる親権者の方が嫌な目にあわされてしまう。祖父は言った。「簡単な診断書で充分だ」。「喉が痛くて我慢できない、これだ！」。祖父は大声で言い、すぐ私に、誰か告げ口しそうな人に目撃されなかったか、と尋ねた。私は頭を振った。母は、祖父と私に向き合う形で、凝固したように座っていた。祖父は料理を讃えた。祖母も、久しぶりにこんな美味しいものを食べた、と言った。どうして、いつもすぐ警察に知らせたりするんだ、この子がいなくなったのは初めてのことじゃなかろうに。もう何度もあったことだし、そのたびに家へ帰ってきたではないか、と祖父は言った。ほかの子供がやろうとしないこと、それをやろうとするところが、この子のすごいところだ、と、私を評価した。自転車は修理すればいい。些細なことだ。いずれにせよ自転車に乗れるようになった。これは収穫だ。自転車に乗れるだけでどれだけのことができるか、考えてみなさい。お前は自転車に乗れんし、わしも乗れん、と母に向かって祖父は言った。祖母も自転車には乗れなかった。私の後見人エーミルは今いなかったから、自転車は入口に置かれたまま、錆びつくばかりだった。その自転車を引っ張り出し、それに乗ろうというのは、そもそも天才的な思いつきだ。「しかもそのままザルツブルクへ行くとはな！」祖父は大声で言った。総じて考えてみれば、ひどく並外れたことをやってのけたのだ。ただ、あらかじめ誰かに言っておかなかったのは、まずかったな、と私に言った。が、続けてすぐ、もちろんさ、そうした企てを成功させるには、隠しておかなきゃならん、とも言った。この子が失敗したなどと、わしはちっとも思っておらんぞ。考えてもみなさい、初めて自転車に乗ったのに、すぐにザルツブルクの手前まで行ったのだ。これはすごいことだとわしは思う。母は黙っていた。ほかになす術がなかったから。祖父は、自分が子供のころしでかした突拍子もない行為を、幾つも数え上げた。親に心配をかける子供ほど、ひとかどの者になる。いわゆる面倒な子供こそ、何がしかの者になるのだ、祖父は言った。そして、ほかのどんな子供よりも、そうした子供の方が、親を何にもまして愛しておる。だが、親の方はそれが分かっておらん。お前はそれが分かっておらんのだ、祖父は母に言った。牛肉の煮込みとそのスープは、祖父の好物だった。私にはそれが理解できなかった。私は、吐き気がするほど牛肉が嫌いだった。今考えると、牛肉とは大人になってようやく好きになるものだと思う。子供には分からないのだ。祖父はそれをとても美味しそうに、ゆっくりと食べた。この会食全体を祖父は、この上ない格別の饗宴へと拡大した。この小さな町の子供たちはみんな、何になるというのだろうな、祖父は言った。結局、仕事もろくにできないくせに、食べるだけ食べる職人か、毎晩呑んだくれてビール腹になった商店主がいいところだ。こうした輩の詩情といえば、かみさんたちが台所の布巾に刺繍した、「旨い料理は愛の素」とかいう格言がせいぜいなのだ。これが真実さ。世の中には、凡庸とは違ったものもあるということを、常に頭に置かなければならん。だがわしらは、低俗さに囲まれてあらがうこともできず、日々の愚鈍に窒息せんばかりだ。わしが何をしたというのだ。なぜこんな、形容するのも馬鹿らしい小汚い町に存在していなければならんのだ。とはいうものの、わしはまだ運が良かった。エッテンドルフはトラウンシュタインではないからな。何はともあれ、田舎に住んでいるのであって、小都市に住んでいるわけではないのだから。一方でまた、わしはかつて小村から抜け出すのに、どれほど苦労したことか。七つか八つのときには、もう出て行く決心をした。できるだけ早く、しみったれた環境からは逃れねばならん。ときを逸してはならん。祖父は、兄があのゾッとする営林署に就職して、出て行ってしまったあと、初めは父親のあとを継いで、バターの卸売りと飲食店経営と土地投機をやることになっていた。祖父に見込みがないことが明らかになると、一家は祖父をザルツブルクの神学校に入学させた。「わしに司祭になれというのだ！」祖父はよく大声で言ったものだ。それでも、生まれついた狭苦しい環境から逃れるための、決定的一歩が踏み出されたのだ、と祖父は言った。人々から俸給をまきあげ、酔わせ、そうやって徐々に自分の資産を拡大する、そういうことをする気は、祖父にはまるでなかった。ザルツブルクで、好きなものを見つけた。ショーペンハウアー、ニーチェ、そういったものがあるということを、わしはまるで知らなかった、と祖父は言った。わしの父親は、まともに字を書くことすらできなかった。ところが息子のわしは、小説を、長大な小説を構想したのさ、よくそう言って、誇らしげだった。いいや、子供には好奇心がなければいかん。それが健全だ。そしてその好奇心を自由に発揮させねばならん。子供をずっと繋ぎとめておくことは、犯罪だ、低俗で愚かなことだ。子供は自分の考えを追求しなければならん。教育者の考えに従うのではいかん。教育者など、価値のない考えしか持っておらんのだから。考えてもみなさい。孫がわしらのうちの誰よりも沢山、旅をするのだぞ。それもタダで、入場券だけでな！　そう言いながら宴を締めくくった祖父は、見るからにこの考えにご満悦だった。私はいつも面倒ばかり起こした。一九三一年、私が生まれたとき、出生地がオランダのヘールレンだったのは、偶然ではない。いよいよこの世に生まれて来ようという私の決意がまぎれもないものとなったその瞬間――私はすぐ産んでくれと要求した――、母は、オランダで働いている女友達の助言をいれ、ヘンドルフからヘールレンにのがれた。ヘンドルフのような小村で私を産むことは、まずもって無理だった。スキャンダルなのだ。結果として母が弾劾されることは火を見るよりも明らかだった。私生児が忌み嫌われた時代だ。私の大伯母にあたるロジーナは、姪のヘルタ、すなわち私の母を、家から追い出したことだろう。私生児であり、そのうえ「詐欺師」――父はほとんどいつもそう呼ばれていた――の子である私を産んだ恥辱によって、母の残りの人生は、暗澹たるものになったことだろう。母は、残りの数十年間、喪服を着るときにしか村に入ることを許されず、そのときにももちろん、墓地まで行って帰ってくることしかできなかっただろう。母は、ウィーンのヴェルンハルト通りに両親が住んでいたころ、ヘンドルフの伯母ロジーナの家に預けられていて、一九三〇年には、そこに来てからある程度のときがたっていた。ヘンドルフ――それは母が世界のどこよりも愛し、一九五〇年以降、墓地に眠っている村だ。そこに埋葬されるのが、本人の願いだった。近隣の農家の息子であった私の父は、ごくあたりまえの農業に加え、よくあるようにもう一つの手仕事を、父の場合、指物職を習っていたのだが、このころ、母と親しくなった、それも、ひどく親しくなったに違いない。それ以上は知らない。聞いた話では、伯母ロジーナのリンゴ園にあった東屋で、二人はよく会っていたという。私が自分の成立史について知っていることは、本当にこれですべてなのだ。さて、母は恥辱の地を逃れてオランダに行き、ロッテルダムにいた先述の女友達のもとに身を寄せた。まもなく母は、ヘールレンで、通常の務め以外に、いわゆる堕落した若い娘の世話も引き受けていた修道院に入って、一人の男の子を分娩した。当時の写真を見て分かるのだが、その新生児には、他の赤ん坊にはまず見られないくらい沢山の髪の毛が生えていた。私は朗らかな子だったという。すべての母親と同様、母も幸福だった。ヘンドルフはスキャンダルを免れ、伯母ロジーナはまた安心して床に就くことができた。母の父親、つまり私の祖父は、私のことを何にも知らなかった。母は一年のあいだ、ウィーンにいる両親に、彼らの孫が生まれたことを知らせる勇気がなかった。母が何を恐れていたのか、私は知らない。小説家であり、哲学者である父の仕事を邪魔してはならない、それが、私のことを母が秘密にしていた理由だと、私は固く信じている。父が私を認知することはなかった。ヘールレン近郊の修道院に私を預けることができたのは、ごく短い期間だった。母は私を引き取らねばならず、女友達から借りた小さな洗濯籠に私を入れて、ロッテルダムに戻った。生計をうるために働きながら同時にそばにいることは、不可能だったので、母は私をどこかに預けねばならなかった。解決策は、ロッテルダムの港に停めてあった漁船だ。船の中で漁師のかみさんが、預かった赤ん坊をハンモックに入れ天井から吊るしておいた。七人から八人の新生児が、漁船の木の天井からぶら下がっていた。そして、週に一度か二度顔を出す母親の望みに応じ、赤ん坊は天井から降ろして見せてもらえたのだ。私はそのたびに哀れっぽく泣いたというし、漁船に預けられていたあいだ、顔が癤《せつ》だらけで醜くなっていたという。ハンモックが下がっていたところは、信じられないほどの悪臭がして、何も見えないくらいに靄がかかっていたそうだ。だが、母にはほかに選択肢がなかった。聴いた話では、母が私を見に来たのは日曜だった。生活のため、また託児費用を払うため、週日はずっと家政婦の仕事をしていたからだ。良かった点としては、こうして母はいわば世の中を知ることができた。ヨーロッパ最大の港は、そのために最適の場所だった。私は、この時代のことをわずかしか知らない。それでも言えることは、人生の最初の年を、最初の数日は例外として、もっぱら海の上で過ごしたということだ。海辺で過ごしたのではない。海の上で過ごしたのだ。このことは繰り返し考えずにいられないし、自分に関するあらゆることがらにおいて、意味深いと思うのだ。これは私にとって生涯、とほうもないことであり続けるだろう。根本において私は、海の人間なのだ。海水の近くにいるときにだけ、本当に息ができる。思考能力に関しては言わずもがなだ。もちろん、この時代の印象は何も記憶に残っていない。それにもかかわらず、当時海で過ごしたということは、私の全人生を規定していると思うのだ。ときどき、海のにおいを嗅ぐと、このにおいが私の最初の記憶のような気がする。しばしば、自分は海の子であって山の子ではない、と考えるとき、誇らしい気がしなくはない。実際、山にいると安穏でない。今でも山に押し潰されそうな、山の中で窒息しそうな不安がある。私にとっての理想は、アルプス北麓地域、[*1]つまり、幼年時代の大半を過ごしたバイエルン州のキーム湖近辺、あるいはザルツブルク州のアルプス北麓地域なのだ。だが、あの時代はずっと昔だ。私が三歳から七歳までのころ。その前は、オランダでの最初の一年のあと、二年間ウィーンで過ごした。母は、これ以上もうどうにもならなくなったとき、おそらくロッテルダムから、私の祖父母つまり自分の両親に宛てて私の存在を告白した。母はウィーンに心から迎え入れられた。もう一度私を洗濯籠に寝かせ、一昼夜かけてウィーンに向かったのであった。そしてこのときから私には、母だけでなく、祖父母がいた。十六区のヴェルンハルト通り、ヴィルヘルミーネ病院の近くで私は、生まれて初めて「お祖父さん」という言葉を発したのだ。この時代は、幾つものイメージとして記憶に残っている。巨大なアカシアの木が見える窓。三輪車に乗って坂道を下った急傾斜の街路。「アーマイス橋」と呼ばれる橋の下で祖父と橇《そり》遊びをしたときのこと。シュタインホーフ精神病院の長い鉄柵沿いの道を、祖父は、たっぷりした背もたれと肘掛けの付いた高価な二輪車に私を載せ、長い木の竿で引っぱって歩いた。そのときの写真がまだ残っている。聞いた話では、私は二歳のとき、祖母の使っていたジンガー社製ミシンから落っこちたという。叔父が私をそこに載せたのだ。私は脳震盪を起こし、幾日かヴィルヘルミーネ病院に入院した。そのときのことは覚えていない。祖父と祖母と母に見守られ、いつも遊んでくれた叔父ファラルトも一緒にいたウィーン時代は、今となっては断片的な、わずかなイメージとしてしか残っていない。作家である祖父は執筆し、祖母は習い覚えた助産師の仕事をし、母は家政婦として、ときにはまた料理女として働いて、何がしかのお金を稼いだ。屈辱的だった。母は、七歳のときバレリーナとして宮廷歌劇場の「白雪姫」に出演し、そのとき皇帝からメダルを授けられたのだ。ところが、十二歳でいわゆる肺尖カタルに罹患、父親が期待していたプリマ・バレリーナのキャリアを断念しなければならなかった。娘は、帝国内最高のミューズの殿堂でキャリアを積む筈で、実際私の知るかぎり、その前提となるものをすべて持ち合わせていた。ところが行き着いた先と言えば、デーブリング[*2]の成り上がり者たちが住む家の玄関や寝室、ヴェーリング大通り近辺の様々な調理室での掃除や料理の仕事なのであった。息子のほうは哲学者の天分に恵まれていた。ところがある

＊1　アルプスの北側に位置し、山岳地帯が始まる前の丘陵湖沼地帯。ドナウ川からアルプス山麓まで、東は上オーストリア州、西はボーデン湖の北側まで。

＊2　ウィーンの第十九区。

夜、共産党に加入してあの有名なエルンスト・フィッシャー*1の友人兼助手となり、結局ウィーン及び諸州の様々な牢獄へ、次から次に囚われの身となった。私がまだ小さくて歩くこともできなかったころ、ヴェルンハルト通りにあったアパートの玄関のドアを、警察がひっきりなしにノックした。叔父を連行しに来たのだ。だが叔父が家にいることはなかった。よく言われるように地下に潜伏していた。叔父の役目は、選ばれた何人かの同志とともに、夜、首都ウィーンの最も重要な街路の上に、大きな横断幕を掲げることだった。そこに書かれていたのは、共産主義こそ、唯一実現可能で人間にふさわしい未来だ、という賞賛の辞だった。叔父は、二十歳前後であったこのころ、職人免許を取ってまだ日の浅い美容師助手エーミル・ファビアンと知り合う。ファビアンはマロルティング通りに近い美容室で働いていた。町はずれに住むこの朴訥な若者にとって、世界はまだ解きがたい謎のかたまりのようにしか見えなかったが、叔父はそんなファビアンを誘って入党させ、親交を結んだ。ある日叔父は、この新しい仲間をヴェルンハルト通りに連れてきた。祖父はこのあか抜けない若者が気に入り、ファビアンの方はこの作家を尊敬し、そもそも作家などというものが存在するということに驚嘆した。こうして母は、のちに自分の夫、つまり私の後見人となる男と知り合ったのだ。物質的窮乏はひどかった。失業率も自殺率も最高の時代だった。祖父も、毎日のように自殺すると言っては周囲を怖がらせたという。枕の下に、装填したままのピストルを隠していたそうだ。父親の遺産相続を放棄したのは愚行だった、と祖父はのちに語った。若者は、馬鹿げた理想を追求してすべてを放擲《ほうてき》する。祖父が一度、ウィーンから姉のロジーナに宛てて、二、三週間ロジーナの家に、つまり自分の実家に身を寄せて、ウィーンでの辛苦から心身を癒したい、と書いたとき、姉ロジーナはすぐ、「部屋が空いてないから」と返信したのであった。祖父は、このときの失望をよく話してくれた。ごく若いころどこかの党に身を投じた理想主義者というものは、とどのつまり、致命的な詐欺の餌食というわけだ、そう語る祖父の経験談は、息子のファラルトには効き目がなかった。祖父は、若いころ社会主義に走って一生を棒に振った。今度は息子が共産主義に走った。一家の誰が見ても結果は分かっていたのだが、本人だけは例外だった。叔父は共産主義者たちとの繋がりを強め、家族を不安と恐怖におとしいれる。叔父はエーミル・ファビアンも引きずり込んだから、ハンスナー通りに住むファビアン夫妻も恐ろしい思いをしなければならなくなった。言うまでもなく、ほかにも多くの家族が、この狂信的な叔父、祖父とならんで疑いなく一家の中で一番聡明だったこの狂信的な叔父によって、危険な境遇に、実際、命すら危ない境遇におとされたのだ。なぜなら、叔父が行い、前進させ、実現させたこ

＊1　エルンスト・フィッシャー（一八九九—一九七二）は作家であり、オーストリア共産党の政治家。

と、それらはみんな違法だったから。叔父とつきあうのはいつもことのほか面白くはあったが、同時にまた、ひどく危険でもあった。叔父の理想が時代によって引き裂かれたときには、既に遅かった。引き裂かれたものはもう縫い合わせることができなかった。私は、わが家にとってこの上なく辛い時期であったこのウィーン時代のことを、写真でしか知らない。写真に写っている私はよく肥え、快活そうな表情をしている。いい服を着せられて、実に様々な玉座から下界を見下ろしている。あの年代に特有の、随分形のおかしなカートや、橇に座って。そしてどの写真にも、ある種の、今でも私をとても誇らしい気分にする優雅さが認められるのだ。王侯の子供というのは、こんな風だったのだろうな、と、よく考えたものだ。つまり、当時の私は間違いなくいい思いをしていた。ヴィルヘルミーネ山の周囲の風景は、午後の陽にやわらかく照らされていて、あらゆるものの中心をなしていた私の自我は、すべてが、この私を敬うことを求めていた。このころ既に二十年もヴェルンハルト通りで暮らしていた私の家族にとって、おそらくこの時代は最悪の時代だった。私のもとには当時の写真が山のように残っているが、家族の誰もが、ほとんど骨と皮ばかりの状態で衣服におさまっている。彼らは当時のウィーンを、連日崖っぷちに追い立てられる地獄のようなところ、と感じていたに違いない。この地獄から、祖父はできるだけ早く抜け出したがっていた。たとえそれが、三十年前に逃げ出したあの場所に帰ることであったとしても。いずれにせよ祖父はこの三十年間、仕事に打ち込んでいたが、まるっきり成功することがなかった。三十年のうちに長編小説を一冊、自費出版したことはあった。タイトルは『ウラ・ヴィンブラット』。ところがこの本は、本人から聞いたところによると、飼っていた大山羊に全部食べられてしまった。祖父母がミュンヒェン近郊のノォルステンリートに住んでいたころの話だ。ロマンチストであった祖父母は、フォルステンリートの森に囲まれた伐採地に住んでいたが、冬になると積雪に覆われて、春まで出られなくなった。山羊はわしらよりもなお腹をすかしていて、『ウラ・ヴィンブラット』を平らげてしまいおったのだ、と、祖父は言った。ちょっとした原稿審査の仕事があってもすぐに投げ出した。出版社のあつかましい経営者にへつらうのが嫌だったからだ。祖父は一匹狼で、コミュニティーが苦手だった。つまり、勤め人になる素質がなかった。五十五になるまで実際、まったくお金を稼いだ経験がなかった。絶対的に帰依してくれている妻と娘に養われ、最後には義理の息子にも養ってもらった。私の後見人と母が結婚したのは一九三七年、ヴァラー湖畔のゼーキルヒェンで式を挙げた。一家はその年の初め、きわめてグロテスクで、同時に凄まじい状況の中、ゼーキルヒェンに移住していたのだ。祖父は、金輪際ウィーンを去ることにした。まだわしにそんな力が残っていたのか、と、あとになって不思議がっていた。ウィーンを離れ、ヘンドルフから、つまり狭い意味での故郷から六キロしか離れていない町へと移る決断は、きっと、かなり突然なされたものに違いない。というのも、私の記憶では、到着直後の我々は、ゼーキルヒェン駅の食堂兼宿泊所に逗留したのであったから。何週間もそこの客室に住んでいたが、部屋の中にはいつも洗濯物が天井からぶら下がっていた。「おやすみ」を言うとき——当時の私はそう言いながら両手を合わせすらした——、丈の高い窓を通して、日没とともに見る見る暗くなっていく湖を見た。ウィーンから持って来たものは、あとから到着する予定の沢山の本を除くと、何もなかった。家具もなければほかの何にもなかった。トランクを二つと、衣類だけだった。おそらくヴェルンハルト通りのアパートにあった家具は、運ぶに値しない物ばかりだったのだ。祖母はよく笑いながら言っていた。家《うち》にあった家具ときたら、近くの日用品店からただでもらってきた安い砂糖用木箱ばかりだったのよ、と。以前はひっきりなしに居所を変え、私が知っているかぎり、合計百回くらいは引っ越していたから、二十年もウィーンで過ごしたということは、この一家にとってとてつもないことだった。移動ばかりの生活にうんざりした家族は、ウィーンのヴェルンハルト通りをいわば、最終的な永遠の棲み家として落ち着いたのだ。だが、そのヴェルンハルト通りも突然過去のものとなった。ウィーンとの別れを惜しむことはなかった。困窮はあまりにひどく、日々の暮らしはほとんど不可能だった。母は、ゼーキルヒェンで婚礼を挙げた夫とともにウィーンに残った。それゆえに私が母に会うことは稀になった。年に二度か三度だったかと思う。完全に祖父母の庇護下におかれたのだ。駅舎の向かいにあった食堂兼宿泊所の客室。裏にはよく手入れされた小さな香辛料畑があり、その向こうは、泥炭地がずっと湖まで続いているほか、何もなかった。この場所こそ、現在まで連続している私の記憶の、出発点なのだ。私たちは、この宿泊所の二階に一部屋だけ借りていた。祖母が食事を作った。きっと、階下の食堂で食べるだけのお金がなかったのだ。私の最愛の祖父は、ここへ来て急にステッキを持った都会人らしい服装の紳士となり、好奇の目で、また疑り深い目で見られた。小説家、思想家だってさ！　祖父に向けられた軽蔑の念は、感心の情よりも大きかった。その紳士は、食堂で食べるお金すら持っていなかったのだ。みんな働いているのに、祖父は散歩していた。祖母は、ゼーキルヒェンからずっと登ったところにあるヒッピング農場で仕事を見つけた。子供たちの面倒を見て、洗濯を手伝った。何をやっても有能だった祖母は、まもなく周囲から親しまれるようになった。祖母の収入は我々が生きていけるギリギリのものだった。いつもみんなから褒められていた祖母の裁縫の腕前が、ここへ来て真価を発揮した。短いあいだにみんなから好かれるようになり、おかげで、散歩する作家兼思想家の扱いもよくなった。急に私たちはゼーキルヒェンで敬われる存在となったのだ。私たちは駅の宿泊所から、町の中心部に移った。五百年前に建てられた今にも壊れそうな家で、墓地が近くに見えた。ここにいることにしよう、と祖父は言った。三歳の私は、祖父母と自分がひどく並外れた人間であることを疑わなかった。それを自負しながら、毎朝この世界の中に目を覚ました。この世界がどれほど恐ろしいところなのか、ぼんやりした予感しかなかった。自分はこの世界を探求して、はっきり見きわめ、解明しようと思った。私は三歳ではあったが、既に同い年の子供たちよりも多くのものを見ていた。大西洋とは言わなくとも、北海の空気を一年のあいだ吸っていたし、ウィーンという都市の香ばしいにおいも嗅いでいた。今ではザルツブルクの山の空気、私の両親の空気を、胸いっぱい吸っている。つまりここで父が生まれたのだ。ここで母が幼年期を過ごしたのだ。この湖の近くで！　湖は私にとって不可思議な謎に満ちていたし、寝る前に祖父が私にだけ作って話してくれた数多くのおとぎ話も、この湖を中心にしていた。ウィーンにいたときと違い、世界は壁から成り立っているのではなかった。世界は、夏は緑色をしていて、秋は褐色で、冬は白かった。季節は、まだ近年のように交じり合ってはいなかったのだ。ゼーキルヒェンで私が好きだった場所は、一番初めから墓地だった。壮麗な廟《びょう》があり、富める人の巨大な御影石があり、貧しい人の小さな赤錆びた鉄の十字架があり、子供らのちっちゃな白木の十字架があった。死者には、当時からもう、一番のなつかしさを覚えた。私は誰に強いられることもなく、死者に近づいた。墓の縁石に何時間も座って、存在と、その反対についてあれこれと考えた。もちろん当時も満足な結論にたどりつくことはなかった。墓石に刻まれた碑銘を読むと、途方もない敬意が湧いた。一番それを感じたのは、「製造業」の語だった。製造業って何だろう？　私は自問した。エンジニアって何だろう、とも考えた。家に跳んで帰り、祖父に製造業とエンジニアが何であるかを訊ね、答えを得た。変に思うことがあってそれを自分で解明できないとき、いつでもどこにいても、祖父のもとに走った。分からないことがあったら、自然に解が見つかるまで考え続ける習慣をつけなさい、と祖父は言った。そうすれば、同じ問いからより多くのものが得られるだろう。問いはどんどん増えた。次第に、答えは大きな世界像のモザイク石になった。一生のあいだ、ひっきりなしに質問し、答えてもらったとして、そしてしまいにすべての問いが解明されたとしても、我々は結局大して前進したとは言えん、と祖父は言った。私は祖父が執筆の仕事をして、祖母がその邪魔をしないように気を遣っている様子を見て、なんともいとおしく思った。用心しながら祖母は私を朝食に、昼食に、夕食に呼んだ。祖父の邪魔にならないよう用心深く振舞うことが、私たちの主たる規律であった。祖父が生きているあいだは、それが最高の掟だったのだ。何を話すにせよ、小声で話さなければならない。歩くときは足音を殺して、いつも静かにしていなければならない。頭は卵のようにもろい、と、祖父は言った。その意味はすぐ分かった。と同時に、衝撃的だった。祖父は三時に起き、九時には散歩に出かけた。それに加えて午後三時から五時まで二時間仕事をした。郵便局へ行くのが、一日のクライマックスだった。ウィーンから祖父宛てに為替が届いていないかどうか？　私のために母が、収入の大部分を送金してくれたのだ。あとになって知ったが、ゼーキルヒェンでの我々の生活は、このお金で賄われていた。それに祖母がヒッピング農場で裁縫や育児などをして得た収入があった。私には友達ができた。ザルツブルク地方一の資産家であり、チーズ工場を経営するヴェアレ家の一人息子だ。いわゆる大邸宅というものに、初めて入った。大理石の柱廊があり、広い部屋部屋にはペルシャ絨緞が敷かれていた。いつまでも友達でいようね、と約束したとき、彼は死んだ。四歳で、原因不明の病だった。彼は家代々の地下墓所に入れられた。上には大理石の巨大な天使が翼を広げていた。ほんの数日前、そこで一緒に遊んだのに。私は彼の名を呼んだ。だが、返事はなかった。大理石の板が彼の上に、そして二人の友情の上に載せられていた。幾日も私は、墓地にあるヴェアレ家の墓に通った。が、何にもならなかった。願いは聞き届けられなかった。懇願してもまるで効果がないことを、悟った。花はしおれていた。私はそこにひざまずき、泣いた。このとき初めて私は、一人の人間を失ったのであった。私は、ゼーキルヒェンの飲食店にまだ一軒も入ったことがなかった。ゼーキルヒェンにある家の二軒に一軒、三軒に一軒は飲食店を営んでいたのであるが。夕刻にはどの店もいっぱいで、そこら中から楽の音が聞こえてきた。だが、店に入るということはありえなかった。祖父と一緒に飲食店に入ったことなど、一度も思い出せない。この、ゼーキルヒェン時代には許されなかったことが、あとになって、私の習慣となる。カーテンを閉めてベッドに横たわっていると、飲食店からざわめきが聞こえた。何が嬉しくてみんな、あんなに機嫌よく、踊ったり歌ったりしているのだろう。月光が私のベッドを照らし、大きな部屋の中を照らした。大きな花模様の壁紙が、壁からはがれて、垂れ下がっていた。ベッドの中から私は、まっすぐオリエントを眺めた。私は、棕櫚《しゅろ》の庭に眠っていたのだ。碧い海の岸辺にモスクがあった。夜、ベッドの上や下から、鼠が走りまわる音が聞こえた。鼠は毎晩やって来た。来たときと同じくお腹をすかせてまた引き上げねばならないのに。ここには何にもないのだから。このころ既に、私は夢を見るようになっていた。連綿と連なる大きな建物の夢が、ほとんどだった。おそらくウィーンで見た光景をゼーキルヒェンまで持って来たのだ。まだ、ここを我が家のようには感じていなかった。ヴェルンハルト通りが、私の夜の空想の舞台だった。アーマイス橋、ヴィルヘルミーネ病院、シュタインホーフ、精神病院。ところがそのうち、精神病院の真ん前にヴァラー湖が出現した。ヴェルンハルト通りには棕櫚が生えてきて、しまいにすべてを覆うくらいに茂った。それは面白いことではあったが、最後には恐くなった。叫び声をあげ、私は目を覚ました。巨大な石が祖父に向かって転がって行き、祖父を圧《お》し潰したのだ。私たちがゼーキルヒェンの中心部にいたのは、長い期間ではない。すべてはいつも「かりそめ」と言われたし、この住居も暫定的なものでしかなかった。ある日、祖父と祖母と私の三人は、小さな荷車に（この荷車を買ったのはほかにも目的があったからだろう）全財産を載せ、「醸造所の丘」と呼ばれる地域に向かった。そこには、三百年も前に建てられ、老朽化する一方の古い醸造所があり、丸天井を持った巨大な地下室にはビールやワインが貯蔵されていた。祖父の話では、この醸造所の建物には、極貧にあえぐ人々が二束三文の家賃で住んでいるのだという。醸造所の前、ゼーキルヒェン中心部の方に向かって、小さな二階建ての丸太作りの家があった。ヒッピング農場の近くの農家が持ち主で、鉄道の枕木で板張りされていた。家の外観は面白くて、前面に大きなバルコニーが付いていた。そのバルコニーに立つと、ゼーキルヒェンの中心部を越えた先に、湖が見え、晴れた日には山岳地帯も望むことができた。それは、このあたりで一番安い部類の住まいだった。素晴らしい眺望のほか、バルコニーの下に庭があり、一階に二部屋、二階に二部屋あった。広々した階段があって、バルコニーに出るためのドアがあった。階段をのぼりきったところからバルコニーのドアまでが、私の空間だった。ベッドから、彼方に山々が見えた。ここでも鼠が夜を支配していたが、私はもう慣れていた。夜、私は必要に迫られると、真っ暗な階段を下りて玄関を出、家壁伝いに、どんな天候のときも、冬なら雪の中を歩いて、厠《かわや》に向かった。厠は外から家に作りつけられていて、板張りの細い隙間から、すぐ醸造所の大きな門が見えた。玄関から厠に行き、また戻って来る行程は怖いものがあった。祖父からあまりにもいろいろなことを聞かされていたのだ。あたりをうろつくジプシーや物売り、近隣の夜を物騒なものにする犯罪者たちのことを。再び暖かいベッドにもぐりこむのは、この上ない悦びだった。一階には、家族の誰もが使える大きな部屋があった。その奥が祖父の仕事部屋だったが、はっきり許しを得ないかぎり、私はそこに入ってはならなかった。二階はさっき書いたように、階段をのぼり切ったところに私のベッドが置かれ、向かいには祖父母の寝室があった。私のベッドから見て右手に台所の入口があり、台所の奥の、屋根のすぐ下にもう一つ物置部屋があった。私たちは半分気取ってそれを食糧貯蔵室と呼んでいたが、ラードの入った大きなバケツが置かれ、その上に芽ののびた玉ねぎがいっぱいぶら下がって……といった光景が記憶に残っている。食材はすべて祖母がヒッピング農場からもらってきたものだ。ほかに特筆すべきは、まだ電気が来ていなかったこと。灯油が大きな役割を果たした。ある日、電気が来た。きっとこのとき、祖父の書いた記事が採用されたのだ。というのも、オイミヒ社製のラジオも購入したから。当時よくあったように、祖父は台所の隅の壁にネジで板を固定して、その上にラジオを置いた。それから毎晩、私たちは敬虔な気持ちで食卓を囲んで座り、耳を傾けた。このラジオは、二、三年後に大きな役割を演じることになる。祖父は結局、このラジオのためにトラウンシュタインで拘禁され、国家社会主義党[*1]の事務所として使われていた修道院で働かされることになるのだ。祖母の縁故で私はヒッピング農場に行った。そこは私にとって楽園だった。敷地内には約七十頭の乳牛といわゆる仔牛が飼われ、幾群れもの豚と、そこら中を跳び撥ねて一日中朝から晩まで何を見ても鳴き喚いている何

*1　ナチ党のこと。

百羽もの鶏、それに三、四頭の馬がいた。トラクターというものはまだなかった。晩には我が家全体の面積よりも広い居間に、約二十人もの雇い人が集まった。馬丁から始まって厨房の女や家畜番の娘までみんな、仕事を終えたあと、居間の壁づたいに伸びる何百年も前に作られた木のベンチに座り、一列に置かれたエナメル製のバケツの水で、顔と上半身を、または顔だけ、上半身だけ、そして両足を洗い、ベンチの上でポマードをつけた髪を梳かしたり、ただそこに座って眺めていたりしていた。たった一つの大きな深皿に入れて出された夕食を食べたあと、何人かは町に降りて行ったが、大抵の者はすぐ床に就いた。二、三人はまだ卓に向かって読書していた。物語の入った暦[*1]が山のように積まれ、何冊かの小説もあって、本のカバーには馬上の騎士が闘っている様子や外科医が開腹手術をしている様子が描かれていた。カード遊びで時間を潰している者もあった。週に一度くらいは、私もヒッピング農場に泊まることが許された。とはいえ、泊まる前にヒッピング農場でもらった二リットルの牛乳を缶に入れ、家まで運ばねばならなかった。いずれにしろ秋のことで、運ぶときにはほとんどもう暗かった。それでも半キロは歩かねばならなかったのだ。まず、小川までのおよそ半分の道のりは下り坂だが、小川を越えたあとは、またのぼりだ。そこで怖くなった。ヒッピング農場を出たときから駆け出し、出せる限りのスピードで小川まで下り、そのとき得た勢いを利用して、肺がどうなってもいいくらいの気持ちで、できるだけ速く反対側の斜面を駆け上がり、家に到達した。祖母は今か今かとこの牛乳を待っていて、すぐに煮沸した。牛乳を運搬するとき、特に得意に感じていたのは、蓋のない缶に入れた牛乳をこぼすことなく、走りながら右手で勢いよく缶を頭上へ、そして弧を描きながらまた下に下ろすことができる、ということだった。一度、同じことを少しゆっくりやってみた。すると牛乳をしたたかに浴びた。大失敗だ。ときおり、何週間もヒッピング農場にいることがあった。ヒッピング家には二人の息子がいて、兄の方と友達になった。「ヒッピングのハンジ」と呼ばれていた。私はこの新しい友と一緒に馬丁たちの横で眠った。馬丁が寝る部屋にはベッドだけがあり、壁には掛け釘が並んでいて、実に色々な馬具が下がっていた。羽布団《トゥヘント》は重かったが、私たちは馬毛《ロスハール》の上に寝ていたのだ。今になって、それがどういう意味なのか分かる。*2 四時半には馬丁たちとともに起床した。雄鶏が鳴き、鞍を付けた馬が身震いした。厨房に行って朝食にコーヒーと「ミルクパン」だけを食べたあと、外に出た。農家の仕事を習い覚えたのだ。お昼ごろ、遠くに祖父の姿をみとめ、野を横切って祖父のもとに走った。祖父は夏のあいだ、麻の服ばかり着て、パナマ帽を被っていた。

＊1　暦には、大衆的で教訓的な内容の短い物語（暦物語）が印刷されていた。
＊2　馬の毛はマットレスなどの寝具の詰め物として使われる。

ステッキを決して忘れなかった。祖父と私はよく理解しあっていた。一緒に数歩歩いただけで、私は救われた。ウィーンを去ったのは間違いではなかった。祖父は息を吹き返した。ヴェルンハルト通りでは年がら年中、多かれ少なかれいつも書斎に座っていたいわゆる精神の人が、ここへ来て、疲れを知らぬ散策者となった。この散策者は、これまで誰もなしえなかったほどに、散歩というものを高尚な、他のすべての芸術に比肩する芸術へと高めた。私は、いつも祖父の散歩について行くことが許されたわけではない。たいてい祖父は独りを好み、邪魔されるのを嫌った。特に、大きな仕事に取り組んでいるときはそうだった。ほんのわずかな気散じも許されん、と、そういうとき祖父は言った。しかし同伴が許されたとき、私は最高に幸せだった。祖父と一緒に散歩しているとき、私が話をすることは原則禁止だった。ただまれに、禁令は祖父によって解かれた。祖父が私に訊ねたいことがあったとき、または私が祖父に訊きたいことがあったときだ。祖父は私の偉大なる解説者、第一の人、一番大切な人、根本において、唯一無二の人だった。動物と植物を祖父はステッキで指し示した。そうやって私の注意を引いた動物のいちいち、ステッキで視野の中心に持ってきた植物のいちいちについて、小さな解説をした。自分が今見ているのが何なのか、それを知ることは大切だ。何であろうと、せめて言い表すことができるようにならなければいかん。それがどこから来たもので、何なのか、知っておらねばならん。そう言いながら、他方で祖父は、何でも知っている人、知っていると自称する人を毛嫌いした。そういう人種は一番危険だ、と言った。何についてであれ、少なくとも十分な概念を持っていなければならん。ウィーンで祖父は、大抵「つまらん」とか「ゾッとする」としか言わなかった。「何というひどい通りだ」、「何というひどい人間どもだ」。ところが、とうの祖父自身、ほかの精神的人間すべてと同じく、都市型人間だったし、都市型人間になっていた。祖父は昔、肺病を患ったことがあった。ウィーンを離れ、ゼーキルヒェンに行くことを決めたのは、そういう理由もあったのかもしれない。まだ二十五歳のとき、医師に勧められ、祖母と一緒に一年間メラーン[*1]に逗留した。そこで肺病はすっかり良くなった。奇跡だった。何ヶ月も血を吐き、肺に大きな穴があったのだから。それが何を意味するのか、私にはよく分かる。規律正しい生活が病を癒した、と祖父は言った。祖母は、メラーンでの生活費をまかなうため、イギリス人の原始林研究者の家で働いた。祖母によるとその研究者は、一年の大半をケニアで過ごし、年に二度だけ豹とライオンの皮を持ってメラーンの自宅に戻って来た。館のように立派な家で、オーバーマイス[*2]の、実に風光明媚な場所にあった。

＊1　メラーンは当時オーストリア領だが現在はイタリア領となっている南チロルの保養地。
＊2　メラーン市内の一地区。別荘が多い。

奥方は祖母に助産師の仕事を習わせた。習っておけばいつか元が取れるわよ、と言った。祖父は木の切り株に腰を下ろして言った。ほら、教会だ。この教会がなかったら、この町はどうなっていたか！　もしくは、そら、あの沼を見ろ、あの沼がなかったら、この荒地はどうなっていたか、と祖父は言った。祖父と私は、ヴァラー湖からザルツァッハ川に向かって流れるフィシャハ川の岸辺に、よく何時間も座り、互いにすっかり了解しあっていた。大きなことを目指さねばならんぞ、最高を、いつも最高のものを目指すのだ！　それが、祖父がいつも口にする助言だった。しかし、最高のものとは何だったのか？　見回せば、馬鹿馬鹿しさとみじめったらしさばかりがわしらを取り囲んでおる。この馬鹿馬鹿しさ、このみじめったらしさから、抜け出さねばならん。最高のものを目指すのだ！　そのときから、私はいつも最高のものを目指してきた。だが、最高のものとは何か、それが分からなかった。祖父はそれを知っていたのだろうか？　祖父との散歩はいつも、自然史、哲学、数学、幾何学の授業であり、幸福な気持ちにしてくれる薫陶にほかならなかった。腹の立つことだが、持っている知識のすべてをつぎ込んでも、どうにもならん。人生とは悲劇だ。せいぜいそれを喜劇にできるくらいが関の山だ、と祖父は言った。私は、ヒッピングのハンジと親密な友情で結ばれていた。祖父は、私とほぼ同い年のハンジに高い知性を認め、彼が精神の道を歩むだろうことを予言した。ハンジは道を誤った。結局は農家を継いで、精神界を目指す野望を葬らねばならなかった。今、彼を訪ねることがあっても、握手はするが、何も話すことはない。ところが記憶を呼び起こしてみると、私たち二人は、人生の重要でなくはない数年間、いや、ひょっとすると決定的な数年間、いわゆる「一心同体」だったのだ。私たちは周りの世界に反抗するため結託した。この世界は美しく、そしてちょうど同じくらい醜いものだと思っていた。二人はごく厳格に秘密を守り、ひどく途方もない計画を練った。絶えず冒険を目指し、その冒険が夢の中で現実となることを求めた。私たちは私たちの世界を創出したが、その世界は、私たちを取り巻く世界とは何の関係もなかった。二人で干し草の中に座り、それぞれが抱いている外面的疑問や心の中の不安について語り合った。私たちは競って働いた。畑で、厩《うまや》で、牛舎で、豚小屋で、鶏舎で働き、まだ五歳だというのに「一頭立て」と呼ばれる荷馬車を駆って、牛乳を酪農工場に運んだ。牛乳を積んで山を下り、乳清一缶を積んでまた戻って来た。ハンジの両親は、私を息子と同じように厳しく扱った。ヒッピング農場は規律と秩序に支配され、しばしば人間よりも家畜のほうが大事にされていた。父親は何かあると息子を古い革の鞭で打擲したが、それは、五十年前にこの父親が彼自身の父親から打たれたのと同じ鞭であった。ハンジは泣き喚いた。それが私と一緒に犯した罪であった場合、私は追い出された。寛容は、ヒッピング農場ではすぐ限界に達した。労働時間のあいだは笑えるようなことは何もなかった。晩にはほぼみんな疲れ切っていて、笑う気分ではなかった。それにもかかわらず、ここは楽園だった。そして私は、この楽園に暮らしているあいだ、ここが楽園だという事実をはっきりと意識していたのだ。絶対的厳格さの中にあって、私たちは安全だったし、ここを我が家と感じたからだ。祖父母と私が住んでいた家は、所有者の名前から「ミルテルバウアンの小家」と呼ばれたのだが、私は、ヒッピング家にいても「ミルテルバウアンの小家」にいるのとまったく同じように、我が家と感じた。ヒッピング農場はいわば、太陽が沈むことのない、広大な帝国だった。雷が落ちるのは短いあいだに過ぎない。ヒッピングではすべてが正直に打ち明けられた。正直であることが絶対的に必須で、そこに闇の入り込む隙はないのだ。ビンタあるいは鞭で一打ち、それで一件落着。次に食事を摂るときには、すっかり普段に戻っていた。日曜には、それまで私が食べたことがないくらいに美味しいトプフェン・パラチンケン[*1]が、大きなフライパンに載せたまま、直接食卓に出てきた。それがご褒美だった。朝早くに、いわゆる日曜日のスーツを着て、教会に行った。説教壇から降り注ぐ罵倒の辞が私を震え上がらせた。お芝居だということが理解できず、そのたびに私は、ごった返している人々の中に隠れた。みんなひっきりなしに跪《ひざまず》き、そしてまた立ち上がった。私にはなぜそうするのか分からず、尋ねる勇気もなかった。芳香が鼻をついた。しかしそれは、私に死を思い起こさせた。「灰」と「永遠の命」という言葉が頭の中にこびりついた。芝居は長く続き、「その他大勢」の出演者は十字を切った。主役である司祭が祝福を与えた。立会人たちはひっきりなしにぺこぺこお辞儀をして、芳香の煙をゆらし、ときどきわけの分からぬ歌を歌った。私が生まれて初めて見た芝居は、初めて出席した教会のミサであった。その初めてのミサに行ったのは、ゼーキルヒェンでのことだった。ラテン語だった！　ひょっとするとこれが、お祖父さんが「最高のもの」って言っていたことだろうか？　一番好きだったのは、私が「黒いミサ」と呼んだ埋葬のミサだ。そこでは黒が、絶対的基調色だった。和解的結末に終わる通常の日曜日の芝居とは異なり、埋葬ミサでは、ゾッとさせる悲劇を観ることができた。ひそひそ話される声、悲劇にふさわしいゆっくりとした歩き方が、好きだった。葬儀は死んだ人の家で始まった。遺体は棺台に載せられ、玄関を入ったホールに二、三日置かれたあと、葬列を伴い、まずは教会へ、そして墓地へと運ばれた。隣人が亡くなったとき、隣人でなくとも富裕層の誰か、あるいは大金持ちか影響力の大きな人が亡くなったときには、みんなが葬列に加わった。ほとんどいつも百メートルの長蛇となって、棺と司祭と従者たちのあとに続いた。棺台に載せられた死者の顔は歪んでいた。血がすっかり流れ、そのあと乾ききってしまったために、たいてい醜く変形していたのだ。下顎を持ち上げて上顎にくっつけようとしても、できないことがよくあった。下顎は下がったままで、死体を

＊1　凝乳（カテージチーズ）を挟み込んだオーストリア風クレープ。

見る人の視線は、暗い口蓋の中へと注がれた。日曜のスーツを着せられた死者は、ロザリオを摑み、両手を組んだまま、台の上に横たわっていた。屍《しかばね》のにおいと、その頭の両側に立てられた蝋燭のにおいが甘く、気分が悪くなった。埋葬まで、昼も夜も途切れることなく弔いが行われた。ロザリオの祈りでは男たちと女たちが交代した。遺体が墓穴に入れて埋められるまで、三時間以上かかるのが普通だった。黒い棺の上に穴の開いた銀の薄板が貼られていて、十字架にかけられたキリストを表していると言われたが、気持ち悪かった。ここで体験した葬儀から、私は、実に大きな影響を受けた。生まれて初めて、人が死に、地中に置かれ、生きている人をもはや絶対に毒することがないよう、埋められるのを見たのだ。私はまだ、自分もいつか死ぬ日が来るのだということを、信じていなかった。祖父が死ぬということも、信じていなかった。誰でもいつか死んでしまうが、自分は死なない。みんなが死ぬが、祖父は例外だ、と固く信じていた。埋葬のあと、飲食店に入った。ヒッピング家の人々は「ポマー」と呼ばれる店に入り、腸詰スープを飲んだ。ポマーは肉屋もやっていて、製肉所が塀一つ隔てて墓地の隣にあったのだ。ウィーン風ソーセージ二本と、麺入り牛肉スープを飲むことが、どの葬儀の際にも絶対的なクライマックスであった。死者の親族は自分たちだけでテーブルを一つ占めた。彼らはみんな、ナフタリンのにおいがきつい真っ黒な服を着ていた。ほかの人々は他のテーブルにつき、みんな実に美味しそうにスープをスプーンですくい、口に運んでいたが、白い麺が長過ぎて、黒い上着やブラウスにくっついてしまうことがよくあった。ポマーで腸詰スープをいただく会食。それは葬儀のあとだけでなく、普段の日曜ミサのあとも行われたのだが、この会食は、私が同郷の人々を観察するためのまたとない機会であった。とはいえ、いずれにせよ私は、死者を葬るミサの方が通常のミサよりも好きだった。できるだけ多くの人ができるだけ頻繁に死んだらいいのに、と思った。ちょうどそのころ、私はまだ五歳にもなっていなかったが、小学校の校長もやっていた首席司祭に道でつかまえられ、規定より一年早く学校に入る気はないか、と訊かれた。学年のほとんどが女の子で退屈なのだという。もちろん君のお祖父さまの許しが得られたら、の話ではあるがね。司祭は、散歩の途中、同じく散歩していた祖父と知り合いになったのだが、司祭にとって私の祖父は絶対的に敬意を払うべき人物であるらしかった。そのことは、特に司祭が「君のお祖父さま」と言うときの言い方からして、すぐに分かった。入りたいけど、友達のハンジも一緒でなけりゃいやだ、ヒッピングのハンジも、きっと一緒に入学できるんでなきゃ、と答えた。ハンジの入学は許された。彼の両親も、司祭も、何も反対しなかった。祖父はすぐ私の入学に同意した。ただし、と祖父は言った。教師どもはバカばかりだ。警告しておくぞ。教師がバカ者どもだということは、お前に説明したぞ。私は古いランドセルをもらった。ヘンドルフにある祖父の実家の屋根裏から、わざわざ私のために取ってきてもらったものだ。大伯母のロジーナが、シュモル社製の靴クリームでピカピカに磨いてくれていた。かつて彼女の父親、つまり私の曽祖父も、このランドセルを背負ったのだという。古革のにおいが気に入った。入学の日のクライマックスは、クラスみんなで撮った記念写真。今でも持っているが、写真の真ん中上の方に女の先生がいて、その下に、いかにも農家の子という顔つきの男女児童が二列に並んでいる。写真のタイトルは、「入学の日」。写真の中の私は、長めのローデン上着[*1]を着て、ボタンを首まで留め、記念写真にそぐわないほど真剣で憂鬱そうな目をしている。私は二列目に座っていたが、一列目の児童はみんな脚を組んでいて、裸足だ。きっと私も裸足だった。ゼーキルヒェンとその近隣の子供は、三月末から十月末まで裸足で過ごしたから。日曜日には靴を履いたが、何年も履き続けられるように大きいサイズがあつらえられ、歩くこともままならぬほどだった。みんなゆっくりと成長したから、靴に足が合うようになるまで時間がかかった。学校が始まるころ、地元のヤンカ縫製店で袖なし外套を仕立ててもらった。くるぶしまで来るくらいに長かった。羽織ると得意な気がした。ヒッピングのハンジはこんな高価な衣類は持っていなかった。寒くなると、みんながそれぞれの祖母から編んでもらった頭巾をかぶり、同じ毛糸で編んだ長靴下を履いた。どれもこれも、ずっと使い続けるように編まれ、縫製された。しかし私は、いつもほかの子とは違ったなりをしていた。自分ではほかの子よりもエレガントだと思った。それで、すぐ人の目にとまった。学校に入って間もないころ、灯油ランプをスケッチするという課題が与えられたのを覚えている。出来上がったスケッチの中で、私のものが一番よく描けていた。女の先生は黒板の前に立ち、私のスケッチを中空に掲げると、これが一番上手ですね、と言った。私は絵が上手かったのだ。だがその後、この才能を伸ばそうとしなかった。画才は、ほかの多くの才能と同じくしぼんでしまった。私はこの女の先生のお気に入りだった。私に話しかけるときの声が、明らかにやさしかった。ほかの子に対するときよりも、いつも朗らかに響いた。この、私にとって初めての先生が、私はとても好きだった。席は、当然のなりゆきでハンジの隣だったが、その席にずっと座ったまま、あこがれる気持ちで先生を眺めた。彼女は英国風の服を着ていて、当時かなり流行していたように、髪を真ん中で分けていた。一年生の終わりにもらった通知表には、「この子は特に勤勉です」、と書かれ、下線が引かれていた。どうしてなのか、自分でも分からないが、「秀」ばかりなのだ。それは人生で初めて、同時にまた最後でもあった。教室の一隅には、薪《まき》を使う巨大なタイルの暖炉が置かれていた。薪は、朝、子供たちが家から持ってきた。各々がランドセルの蓋の下に薪を一本挟んで、学校に来た。金持ちの子が持ってくる薪は大き

＊1　厚手で防水防寒性が高い粗織りウール地（ローデン）で仕立てられた上着。

く、貧乏人が持ってくる薪は小さかった。大きさについては何の基準もなかったから。前日持ってきた薪で教室はすぐ暖かくなり、授業が始まるころには火がパチパチ言った。暖炉が封鎖されたあとも、熱は翌朝まで残った。学校の建物は二百年以上も古いもので、今ではとっくに取り壊されている。首席司祭でもあった校長は、教会の敷地から数歩歩けばもう学校に着いたし、帰りも同じだった。教会と学校は目と鼻の先だった。奏者が教会のオルガンを弾いていると、教室まで聞こえてきた。授業は午前中に四時間、午後は二時間。昼休みは一時間しかなかったから、一旦帰宅してまた学校に戻るには短過ぎた。ハンジと私にいわゆる「お昼の食卓」を提供してくれたのは、町の美容師の家庭で、小さくて湿気の多い二階建てのその家は、ダリアの花壇に囲まれ、秋の中ごろになるとみごとな花が咲き誇っていた。美容師の細君が、毎日のように麺入りスープかオートミールのどちらかを作ってくれた。それにパンが一切れ出た。祖父母が昼食代を払っていたのだ。お昼休みになると空腹を抱え、この美容師シュトゥールマイヤーさんの家の庭の門をくぐる、という習慣が何年も続いた。残念なことに、学校で教わったのは灯油ランプのスケッチだけではなくて、算数と読み書きもあった。すべてが最初から退屈だった。私が「秀」をもらったのは、おそらくあの女の先生の好意のおかげであって、能力とか努力のたまものではなかった。そんな能力も努力も、存在しなかったから。祖父は言っていたではないか。学校の教師はバカ者どもだ、あわれで愚かな無粋者ばかりだ、と。教師の中には私の先生のように綺麗な人もいる、などとは、ひとことも言わなかった。クラスみんなで湖に行くとき、私が最前列にいるのは当然のことだった。教会に入るとき、私は一番だった。聖体行列の際、私だけが聖母マリアの描かれた旗を担ぎ、ほかの児童を先導した。私にとって、学校で過ごしたこの一年目の年は、知識という点では何も得るものがなかったが、人生で初めて、共同体の中で一番という境遇をとことん味わった。気持ちが高ぶった。私はこの境遇を楽しんだ。これが永遠に続くわけではないということ、それは予感していた。二年生で担任になった教諭は、祖父が話していた通りの人だった。痩せた、暴君のような人で、目上にはへつらい、目下は踏みにじった。私の時代は終わったのだ。クラスのみんなは、一夜にして私が愚鈍な子になったことに驚いた。書き取りができたことは一度もなかった。計算がうまく行ったことは一度もなかった。何一つできなかった。スケッチをしても「可」しかもらえなかった。今や、ハンジの時代が始まった。ハンジは私を凌駕した。私が「可」のときハンジは「優」だった。まれに私が「優」をもらうと、ハンジは「秀」をもらう、といった具合だ。今では、学校に一年早く入ったことを後悔した。とはいえ、一年早く学校を終えることができる、とも考えた。興味を維持できたのは、図画と地理だけ。ロンドンという名称を読むと感動した。またはパリとか、ニューヨーク、ボンベイ、カルカッタでも同じだった。私は、世界地図の中のヨーロッパの頁や、アジアの頁、アメリカの頁を開いて、いく晩も夜更かしをした。ピラミッドのあいだを通り、ペルセポリスに登り、タジ・マハールの中にいた。高層ビルに入ったり出たりして、エンパイア・ステート・ビルディングから足下に広がる世界を見下ろした。母の生まれた町バーゼル、何という響きだろう！　ゲーテが住み、祖父が工学を学んだ地でもあるテューリンゲンのイルメナウ！　今に至るまで私の愛読書は地図だ。いつも同じところを眺めていながら、いつも違った空想が湧いてくる。私はひとっ飛びで、どこであろうと指が示している場所に本当に行ってしまうのであった。私にとって、「指で地図を辿る」という表現は、無意識に使われるただの慣用句ではなく、気持ちを高ぶらせてくれる言葉だった。私は将来の旅を夢見、いつ、どんな風にその旅をしようかと考えた。次第に、授業の最中マンハッタンの高層ビルの谷間を見ていることの方が、目の前の黒板を見ていることよりも多くなった。黒板には、教師が数学的荒野を広げていた。それまで大好きだった黒板とチョークが、不意に嫌になった。災いしかもたらさないから。書くときあまりに力を込め過ぎて、石筆が折れた。私の字は汚かった。提出したものは判読不能だった。二、三日ごとにスポンジを失くした。スポンジの代わりに石版に唾をつけ、肘でこすって書いたものを消した。こうしてあっというまに上着が擦り切れた。それでまた祖母に怒られた。祖母は繕いが大好きだったけれど、到底追いつかなかったのだ。このようにしてまもなく私は負の連鎖に陥った。負の連鎖は次第に悪夢に変わり、朝早くから私の首を絞めた。私は滑り落ちた。一番になったのは別の子だった。別の子が先頭に出た。別の子が聖体の祝日にマリアの旗を担いだ。別の子が黒板の前に立ち、みんなの前で褒められた。今、私はよく教卓の前に立たされ、教師からお仕置きとして杖で手を叩かれた。私の手はほとんどいつも腫れていた。家では、自分の不遇について何も話さなかった。一年目の担任だった女の先生が好きだったのと同じくらいに強く、今の担任を憎んだ。無粋の輩、祖父の言ったとおりだ。だが、そう考えたところで何にもならなかった。二年目の通知表は、幾つも「可」がついていて、台無しだった。祖父母は失望した。どうしてこんな成績になったのだ？　祖父の問いに答えることはできなかった。このままではいかんな、と祖父は私の悲惨な成績を論評した。このままだった。ずっと。そしてどんどん落下した。三年生ではほとんど落第寸前だったが、幸いにもその恥辱は味あわずにすんだ。ある日、引っ越しをする、と言われたのだ。トラウンシュタインへ、つまりバイエルンへ。祖父がバイエルンを良く言うことは一度もなかった。バイエルンがドイツにあるからだ。機嫌の悪いとき祖父は、ドイツを徹底的に悪く言った。それが実情に即しているかどうかは問題ではなかった。ドイツ人どもときたら！　と、いつも言った。考えられるかぎり最低の評価だった。祖父を今怒らせてい る事柄とこの論評がどう結びつくのか、誰にも分からなかった。ドイツ人どもときたら！　この罵声をひと声発すると、こわばりが解け、祖父は平常心に戻ることができた。義理の息子はバイエルン、つまり、ほかならぬドイツで職を見つけたのだ。楽園の日々は終わった。オーストリアの失業率の高さが、私をこの国から追い出したのだ。間接的にではあるけれど。キーム湖のほとりの[*1]、山の中の小さい町だ、と祖父は言った。これが破局だと言わんばかりに。だが、わしらも生き延びねばならん！　祖父母の引越しはさしあたり考えられなかった。まず私が先に、母とその夫に同伴してトラウンシュタインに移らねばならぬという事実は、私を不幸にした。ゼーキルヒェンの日々が終わりだということ、それは理解できないことだった。この地もまた、かりそめの住みかに過ぎなかったのだ。これからは祖父と離れて暮らさねばならぬということ、母の夫であり、祖父がその日の気分によって「お前の父親」と呼んだり「お前の後見人」と呼んだりする、よその男の支配下に生きねばならぬということ、それは、まずもって不可能に思われた。この破局が実際意味するのは、私の楽園であったすべてのものに、別れを告げる、ということであった。ミルテルバウアンの小家、ヒッピング農場、それに忘れてはいけないのは、踏切管理官の娘、ヒルダ・リッツィンガーだ。橇の操り方を教えてくれたのがこの子だったし、彼女が発作を起こして心神喪失に陥るときの演技は、実に真に迫っていて、忘れられない。ゼーキルヒェンで過ごした最後の数週間、まだ五歳だった私は、ヒッピング農場にいるより、西部鉄道と呼ばれた線路のそばの、踏切管理官の家で過ごすことの方が多かった。ヒルダは、その小さな家のキッチンのサイドボードに、いわゆるボンボンが入っているのを知っていた。そのボンボンが欲しいとき、ヒルダは、彼女のお母さんが近づいて来るのを見ると、卒倒するのだ。

母親は、床の上に倒れているわが子のもとに、もちろんかけがえのない一人っ子であったヒルダのところに駆け寄って、蘇生させようと口移しの人工呼吸を試みる。私がこの劇的状況を見ていたとき、ヒルダは私に横目で合図をして、母親が措置を施すに任せていた。彼女は床の上に横たわったまま死んだふりをしていて、母親がボンボンを口に入れてやると、やっと目を覚ますのであった。母親は蘇生したヒルダをかき抱いて、ボンボンをさらに二、三個与えたのだが、そのとき私にも一個か二個のおこぼれがあった。よく、暗くなってもまだヒルダ・リッツィンガーの家にいたのを覚えている。そんなに遅くまで外出していることは許されなかったから、丘を四、五百メートル上ったところにあるミルテルバウアンの小家の玄関先から、祖父が、下方へ向かって、駅で発車の合図に使われるのと同じ笛を、けたたましく吹いた。そのたびに私とヒルダ・リッツィンガーの関係はすぐ中断されるのであった。間違いない。私の楽園はもう、ちっとも楽園らしくなくなっていた。あの教師が、次第に地

＊1　トラウンシュタインは正確にはキーム湖畔ではなく、キーム湖から東に約十キロ離れている。キーム湖西のローゼンハイムとともに、いわゆる「キームガウ」の中心的都市である。

獄に変えたのだ。私はヒッピング農場に長居し過ぎていた。そこは、この二、三年のあいだにすっかり様変わりしてしまった。三人いた馬丁が今は一人だけになり、五人いた家畜番の娘が今や二人になっていた。乳牛の数は減り、取れる牛乳も少なかった。ひっきりなしに戦争のことが話されたが、戦争は始まらなかった。美容師のおかみさんは死んでしまい、昼食の提供は途絶えた。ヒッピング家の「老夫婦」も亡くなり、わずか数週の間隔をおいて家で棺台に載せられた。二度、葬列がヒッピングからゼーキルヒェンへ降りた。なぜかは分からないが、空気は以前と違い、味気なくなった。祖父は以前ほど我慢強く私に接してはくれなくなった。「トラウンシュタインか、ひどいもんだ！」と叫び、夕食を摂るとすぐ書斎に引っ込んだ。だが、ここオーストリアでは、お金を稼げる見込みがまるでなかったのだ。ここには生き延びるチャンスがまったくなかった。今、すべての希望が託されたのは、トラウンシュタインではなく、すぐ近く、祖父の故郷ヘンドルフに住んでいる有名な作家[*1]であった。祖母が祖父の原稿をその有名な作家のところに持ち込み、作家は印刷してくれる出版社を探してくれている、という話だった。私たちは待った。散歩はもはや気散じにならず、いわば責め苦だった。祖父の自殺願望がまた始まった。「冬の援助」というものがあり、役場で、長い固形豆スープの素を二、三本と、砂糖にパンが配給されることになったが、それらが入った袋をもらいに行くのは、気が滅入った。祖母が私を連れて取りに行ったのだ。娯楽は（そもそも娯楽と呼べればの話ではあるが）、今ではオイミヒ社製のラジオだけ。とはいえ、そこから聞こえてくるのは、ぞっとするようなニュースばかりに思われたし、祖父の気持ちを段々暗くしていった。「大変革」と「併合」という言葉が話されていた。[*2] これらの言葉を聞いても私には何のイメージもなかった。初めて、「ヒトラー」という名前と、「国家社会主義」という言葉を聞いた。残念だが、若いときのようにはいかん、と祖父は言った。スイスを去ったあと、ほぼ三十年を経て、祖父はスイスを激賞した。「スイスは天国だ、お前たち」、と祖父は言った。「ドイツへ行くだと？　考えただけで胃が捩じれるわい。だが、わしらにほかの選択肢はない。」このころ、ゼーキルヒェンの宿屋ツァウナーで、生まれて初めて本物の劇を見た。ホールはいっぱいで、息もつけないほどだった。後ろの壁際に置かれていたソファーに、私は立った。横にはハンジがいた。舞台では全裸の男が木の幹に縛られ、鞭で打たれていた。そのシーンが終わるとホール中、大喝采で、観客は感激の叫びをあげた。何という劇であったか、今ではもう思い出すことができない。いずれにせよ、私が舞台で見た最初の情景は恐ろしいものだった。ある

＊1　カール・ツックマイヤーのこと。
＊2　ちょうどオーストリアがナチス・ドイツに併合される直前の時期にあたる。

日、電報が届いた。祖父の小説が出版社に採用されたという知らせだ。ウィーンの出版社だ。あの有名な作家は約束を守ってくれたのだ。本は出版され、この本によって祖父は、オーストリア国家賞を受賞した。初めての、そして一度きりの成功だった。祖父は五十六歳だった。賞金は、ヤンカ縫製店で冬のコートをあつらえ、祖父の言葉どおり言えば、「人間にふさわしい食器」をそろえるのに足りた。そうだ、妥協してはいかんのだ、と祖父は言った。諦めたりしては、なおいかん。私の後見人は、既にトラウンシュタインに移って、シャウムブルガー通りにあるシュライナー美容店で働いていた。祖父母は、後見人がトラウンシュタインに二人の住む家を見つけてから、出発する予定だった。できるだけ、トラウンシュタインの中でなく、その近くにしてくれ、と祖父は何度も要求した。つまり田舎の方に、だが、遠過ぎてはいかん。簡単ではなかった。私自身も、まだしばらく祖父母のもとにいるよう言われた。楽園を解体するまで、私に猶予期間が与えられたのだ。道を歩きながら、この道を歩くのは最後なんだ、といつも考えた。ヘンドルフのあの「有名な作家」も訪ねた。祖父と姉ロジーナの和解が成立し、祖父は、留保つきではあるが、自分の実家に再び足を踏み入れた。それどころか来客用の庭に座った。客間になっている階下の大きな広間では、壁に掛けられた鹿の角を一つ一つ説明してくれた。どれも、祖父の兄が銃で仕留めたものだが、この兄は前にも書いたように、ヘンドルフ近郊の一番高い山、チファンケン山で自殺したのだ。ここにとどまって、親の遺産を放棄したりなどしなかったら、わしはどうなっていただろう、と祖父は言った。が、すぐ付け加えて、どうなっていたにせよ、どう考えてみても、いずれにしろひどいもんだ。両親の家の中を歩きながら祖父は、私に上から下まですべての部屋を見せてくれた。どの部屋にも、ヨーゼフ時代[*1]の一番上等な家具がいっぱいに詰まっていた。「これがアンピール様式だ」、と祖父は言い、長く、食い入るように一つのチェストを眺めた。「母のチェストだ」、と祖父は言った。母親愛用の。あるいは、ナポレオンがこのベッドで眠ったと伝えられる、と言ったあと、付け加えた、ナポレオンが眠ったことのないベッドなど、まずないがね。これらはみんな、今、わしのものであってもおかしくはないのだ。だが、今わしが何も持っていないこと、何の財産もないことは、まったくもって正しい。わしにあるのは、自分自身と、お前のお祖母さんと、お前だけだ。そして、お前の母さんだ、と祖父は付け加えた。ドイツへ行くだと！　それは悪夢だった。この数か月、祖父は、初めての、そして唯一の成功に導いてくれたあの有名な作家の家に招かれることがよくあった。その家には、少なくともこの作家と同じくらい有名な作家たちが、ほぼ毎日やって来ていた。あの有名な作家には女の子が二人いて、私は、いくら

＊1　ヨーゼフ二世の治世（一七六五年～一七九〇年）。

か年上のその二人と一緒に遊ぶことが許された。二人は、父親の家の庭にあった小さな丸太小屋を自分たちのものにしていた。昔は粉ひき小屋だったこの作家の家は、もともとウィーンの有名な宮廷歌手*[1]の所有で、その歌手はキャリアの頂点ではオックス・フォン・レルヒェナウ*[2]を歌ったのだが、その直後に死んでしまったのだった。私は、あの有名な作家の二人の娘と一緒に、この丸太小屋に泊まることが許された。有名な人々の世界は、私にとってセンセーショナルだった。有名な人々が到着して車から降り、庭から入ってくると、我々子供は丸太小屋の屋根裏にあがって、小窓から彼らを眺め、感嘆した。有名な俳優、作家、彫刻家、そもそもあらゆる種類の芸術家や学者が、「ヴィースミューレ」と呼ばれたこの家に出入りしていた。あの有名な作家は、私の祖父とはまるで違っていた。祖父も作家ではあったが、まるっきり無名だった。それどころか、有名人たちと同じ食卓につくことが、私にもときどき許された。子供の私が体験した中で一番面白かった夕食会の中心人物は、盲目の夫人を連れた白髪頭の紳士だった*[3]。この紳士は、同時代のもっとも有名な作家だったが、玄関から入って来るとすぐ、次のように訊ねた。「この家ではどこで衣裳をなおしたらよいのでしょうな？」これはひどく私の印象に残った。食卓では、このとほうもなく有名な客の傍らで、誰もが沈黙を強いられた。集まった作家たちはいずれも祖父とはまるで違っていた。彼らのことはいつも、きわめて著名な作家と言われたが、祖父が話題にのぼるときはいつも、まったく知られていない、と言われた。今でも祖父は、ちっとも知られていない。朝早くに私は、我々が「豪華客車」と呼んだ二輪車に乗せられた。牽引用の長い柄がついた、ウィーンでも使っていた二輪車だ。祖父か祖母が交代で車を引っ張り、私をヘンドルフのあの有名な作家とその二人の娘の家に連れて行った。そこで待っていたのは、子供の心が憧れるものばかりだった。なかでも私が一番憧れたのは、あの有名な作家のキッチンで飲む一杯のココアだ。我々貧者は、午前中にゼーキルヒェンからヘンドルフにやって来て、上流社会の香りを吸い込んだら、晩にはまたゼーキルヒェンに戻った。我々は貧しかったが、誰もそれには気づ

＊1　バリトン歌手リヒャルト・マイヤーのこと。

＊2　リヒャルト・シュトラウスの楽劇『ばらの騎士』に登場するオックス男爵のこと。なお、リヒャルト・マイヤーがオックスを歌った録音はCD等で入手可能で、ロッテ・レーマン（元帥夫人）やエリーザベト・シューマン（ゾフィー）と共演している。

＊3　ベルンハルトはこの「盲目の夫人を連れた白髪頭の紳士」を、「同時代のもっとも有名な作家」、すなわちゲルハルト・ハウプトマンだと考えていたようである。しかしこの紳士は実際には、カール・ツックマイヤーの義父、すなわちツックマイヤー夫人アリスの父親であった。

かなかった。みんな上流階級のような振舞いを身に着けていたから。祖母は洗礼証明書[*1]にあるとおり、フリウリの王女のように見えたし、祖父は風貌からして思想家で、本当に、思想家だった。二人はわずかな衣類しか持っていなかったけれど、いずれも高級なものばかり。二人は、現在の境遇に愚弄されてはいたけれど、その過去は誤解しようがなかった。この間に、新たな悲惨事が起こっていた。私の叔父、つまり祖父の息子ファラルトが（そう呼ばれていたが、本当の名はルードルフだ）、ゼーキルヒェンの左官屋の娘に恋をし、あっという間に結婚してしまったのだ。その健康な娘は、ゼーキルヒェンでも一番評判の悪い部類の、飲んだくれるばかりで、ろれつの回らない話し方をする家の出だった。かつて共産主義者だったファラルトは、今では「自由芸術家」になっていた。ウィーンのグラフィック・デザイナー学校で学んだ経験があったから、商店の看板を描いて生計を立てていた。クリームチーズの彩色蓋をデザインしたり、商店内のドアの横に、巨大な人差し指を描いて、廉価品の陳列された場所や、特別セール品が置かれた場所、あるいは単に、建物の裏のトイレの場所を指し示すようにした。叔父は、その昔ゲルマン人がしたように、湖の中に柱を打ってその上に小屋をこしらえ、生涯のあいだ、自分を捉えるインスピレーションを練り上げて現実化しようと励んでいた。この左官屋の娘というのが、あのファニー叔母さん。この報告書の最初に書いたように、私が後見人のシュタイア製自転車に乗って訪ねようとしたが、そもそも住所すら知らなかったあのファニー叔母さんなのだ。彼女は叔父とのあいだに三人の子をもうけた。娘二人と息子一人。長女は、結婚して二週間しかたたない復活祭の月曜日、夫とシレンケン山[*2]に登ろうとして谷底に落ち、即死した。次女も結婚して、私の視野から完全に消えてしまった。そして息子は十七のとき、五年の刑を言い渡され、ガルステン刑務所[*3]に入ることになった。完全に責任能力を失くしていたのだろうと思うが、他の若者二人と共謀して、マイヤー・メルンホフ[*4]大理石工場の現金運搬人を、アイゲン[*5]の小さな森の中で殴り倒したのだ。短期間に相次いだこれらの悲惨事を、祖父は経験せずにすんだ。というのも、これらは祖父の死後に起こったことで、つまりここで深入りすべきことでもないわけだ。あのころ、祖父と私は、もうすぐこのゼーキルヒェンやヴァラー湖畔とはお別れだな、と考えながら、いつも長い散

＊1　ベルンハルトは祖母アンナの家系がフリウリ地方（現在の北東イタリアの一地域）の貴族に由来していると考えていた。実際にはアンナの洗礼証明書にそのような記載はない。
＊2　ザルツブルク州にある標高一六四八メートルの山。
＊3　上オーストリア州のガルステンにある刑務所。
＊4　富裕な貴族の家系。
＊5　ザルツブルク市内の東南部に位置する地域。高級住宅地として知られる。

歩をした。哲学者の横を歩きながら、私は既にある程度の成熟に達していたが、だからと言って人生を危うくするような誇大妄想に陥ることもなく、実際、同年齢の子供の平均を超える教養を身に着けていた。祖父が、自然と、自然の特殊性や大胆さ、有害さ、すさまじさについて私に教える内容は、みるみるその密度をましていった。要するに祖父は、ずっと私の先生だった。同じころ、下にある町の中心部では、叔父ファラルトが、すっかりプロレタリアートの仲間になっていた。祖父の言葉で言えば、「きわめて低俗な形で」。このことは祖父を傷つけた。そしてゼーキルヒェンでの最後の数ヶ月と数週間を陰鬱にした。ついこのあいだまで熱狂的コミュニストであったファラルト、世界変革者であり、世界改良者であり、ウィーンでは昼も夜も危険な政治活動をしていた叔父は、このころたいてい、左官屋の娘のベッドに横たわったまま、実際このあたりにはまだ完璧に残っていたいわゆる田舎の安逸を、貪っていたのだ。パン屋の前に掲げられた大きなパンの絵とか、靴工房の前に長々と描かれた婦人靴など、近所で叔父の「絵画」を見つけるたびに、祖父は怒りを爆発させた。「こんなものを見なければならんのか!」祖父はステッキで地面を突いた。おそらく、その地面に今すぐもぐりこんでしまいたいというのが、祖父の願いであったが、もちろんそれは叶わぬ願いなので、即刻その場を立ち去った。思想家、つまり偉大な人物と思われていた祖父の評判は、息子ファラルトがゼーキルヒェンに現れたとたん、すぐ損なわれた。まして、左官屋の娘との結婚が知れ渡ると、人々が以前、この息子の存在を知らなかったころ、祖父に挨拶する際に見せた恭《うやうや》しい態度は消えてしまった。彼らが前から知っていたのは、ウィーンからやって来る美しい女、つまり、祖父の娘、私の母だけであった。いつであったか、祖父の芸術と息子の芸術が融合したこともある。二人でインスピレーションを刺激しあって、いわば総合芸術を作り上げた。二人で家訓板を作ったのだ。私たち一家が世話になっていたヒッピング家のために。祖父が韻を踏んで家訓を詩作し、息子がそれを羊皮紙にデザインした。細心の注意を払って画家フロイムビヒラーによって描かれた紙は、ガラス板を載せられ、まもなくヒッピング家の大広間に掛けられた。詩の文言を一字一句思い出すことはできないが、ヒッピングをいつまでも、つまり未来永劫に渡って火事や嵐やその他すべての恐ろしい自然災害から守ってくれますように、という内容だった。今でもこの家訓板は同じ場所にかかっている。私はこのころ、毎日のように踏切監督官の家の前でヒルダ・リッツィンガーと並んで座り、ウィーンからパリ方面に向かって走る特急列車を待っていた。このようなテクノロジーの偉業、車輪による一般走行速度が飛躍的に上昇したがゆえに、私はまもなく、愛するゼーキルヒェンをあとにしなければならないのだ。ドイツについて私は何のイメージも持ち合わせていなかった。それに、国境を越えてたった三十六キロとはいうものの、私の後見人がオーストリアではなく、ドイツでしか職を見つけることができなかったことも、特に気にならなかった。そうしたことはちっとも深く考えなかった。何をすべきか、それは結局大人たちが知っていなければならないことだ。毎晩、オリエントエクスプレスを見るのがクライマックスだった。乗客たちは明るく照らされた窓のそばに座り、銀のナイフやフォークを手に、美味しそうに晩餐を摂っていた。数秒のあいだ私は、贅沢な世界を垣間見た。そのあと寒さに身震いし、家まで駆けて帰った。ヒッピング家のハンジは、安定というものに守られていた。ハンジにとって、両親の営む農家がいつも変わらぬ我が家なのだ。私の方は、去らねばならなかった。ある日のお昼、私たちはトラウンシュタインに到着した。母がミルテルバウアンの小家に現れ、私を連れ去った。祖父母のそばで暮らした時代は終わった。これからは母のもとで、後見人のもとで暮らすのだ。後見人が、一家で暮らせる住まいを見つけたのであった。職場があるのと同じシャウムブルガー通りで、職場の建物からほんの二、三軒隔たったアパート。三階の四号室、シャウムブルガー通りとタウベンマルクトの角の住まいだ。建物は古く、ポッシンガーという姓の老婦人が所有していた。若くして夫と死別した市民階級出の裕福な女で、一階に葬儀用品を売る広々とした店を構えていた。「ポッシンガー葬儀品店」、と入口の上に看板があった。これから私たちはこの家に住むのだ。私たちは、のちに「居間」と呼ぶことになる大きな部屋に、木箱を二つ置いた。母と私はその上に座り、それぞれが二本ずつ、マスタードをつけたウィンナー・ソーセージを食べた。中は寒くて薄暗く、どの部屋にも壁に塗装がされていなかった。住居には部屋が二つとキッチンがあるだけで、居間として使う大きな部屋には、シャウムブルガー通りの側とタウベンマルクトの側にそれぞれ二つ、窓があった。寝室となる小さい方の部屋には、シャウムブルガー通りに向かって窓が一つあった。加えて、木材や石炭を保管するための窓のない納戸があった。水道の蛇口が廊下にあり、廊下の反対側の端、タウベンマルクトの側に、トイレがあった。私は、自分が幸福であったと主張することはできない。母は絶望しているように見えた。母がウィーンから持って来た家具は、私の目には快適で優雅なものに見えたし、現在に至るまでその快適さ、優雅さを失ってはいない。このとき以降、「カナダ椅子」と呼ばれる椅子が、私のお気に入りの滞在場所となった。窓から外を眺めて私は、そこにまったく異なる世界を、これまで知らなかった小都市の世界を認めた。大都市は知っていたし、完全な田舎も知っていた。だが、まだ一度も小都市というものを見たことがなかった。すべてが、何百年も前からの規則に従って営まれていた。すべてが、商店のシャッターが上がったり下がったりするのを基準に、教会の鐘を基準に動いていた。シャウムブルガー通りでは、肉屋からは肉のにおいが、パン屋からはパンのにおいが、その斜め向かいの、ヴィンター親方の皮革工房からは、皮を剝ぐにおいがした。アパートの壁を塗ってくれたのはもちろん叔父のファラルトだ。叔父はそのためにわざわざゼーキルヒェンからトラウンシュタインにやって来た。バケツと筆一式を携えて現れた叔父は、塗装職人がよくかぶるような帽子を新聞紙で作って、頭にかぶった。二、三日で住まいをすべて塗装し終えると、冗談を言ってまたどこかへ消えてしまった。そこら中から塗りたての石灰のにおいがして、隅から隅まで白かった。家具は、だいたい自然に置く位置が決まった。私は、叔父が壁を塗っているあいだ、町を探検した。一番強い印象を受けたのは、家から百メートルも離れていない教区教会。巨大な、身廊全体のまわりにそそり立つような丸天井を持っていた。引っ越してから最初の日曜日、普段は決して教会に行くことのない母と一緒に、ミサに行った。巨大な合唱隊とフルメンバーの楽団の音で身廊がはち切れるかと思われたとき――おそらく大事な祭日だったのだ。自力で立たなくても倒れないくらい、人がごった返していた――、私は初めて、これまでいつも秘密めいて聞こえた祖父の言葉、「巨人的」、という言葉の意味が呑み込めたように思った。誰でもすぐ、私が他所者《よそ》ということに気づいた。初めから私を、「オーストリア人」、正確に言えば、「エーストリア人」とあだ名で呼んだ。完全に見下したニュアンスがあった。オーストリアなど、ドイツから見たら無に等しかったから。つまり私は、無の中から来たのだ。ポッシンガー夫人には娘が四人いて、みんなこの家に住んでいた。私たちの上の階、四階と、下の二階を住居として使っていた。四階では眠ったり着替えたり、日曜の午後を過ごしたりして、二階では、大きなホーローコンロがある狭いキッチンで料理をして、その隣の部屋でピアノの練習をした。ポッシンガー夫人もピアノを弾いた。当然のことだった。ピアノの上の壁には、大きな額に入れた、ポッシンガー夫妻の写真が二枚かかっていた。ここに来て初めて私はピアノ演奏というものを聴いた。そしてまさにこのピアノ演奏こそが、ポッシンガー家の扉を初めて叩き、この楽器のすぐそばで、自分の目と耳で音楽を体験させて欲しい、と申し出る勇気を、私に与えてくれた。願いは聞き入れられた。これ以後、よくピアノの横に座り、ポッシンガー家の姉妹の誰かが演奏するピアノに耳を傾けたものだ。家にいたのは、四人姉妹のうち三人だけだった。もう一人は、既にギムナジウムの一級教員にまでなっていて、ブルクハウゼン[*1]の学校で教鞭をとっているという話であった。一級教員マリアは家の誇りだった。ところが、私たちが入居してわずか数か月後に、死んでしまった。腕の下に癤《せつ》が出来、それが彼女の人生を不意に終わらせたのだ。このときから、ポッシンガー家の人々は、何年ものあいだずっと黒い服だけを身に纏った。とはいえ、彼らが一階で、祖父の言うところの「死の商い」を営んでいたことを考えれば、もともと大して場違いではなかった。以後、ピアノで悲しい曲ばかりが弾かれ、私を深い憂愁に包み込んだ。「これはブラームス」、「これはベートーヴェン」、「これはモーツァルト」。そう言われても、私にその違いは分からなかった。私は小学三年生になった。学校に行くには、街中を十五分歩かねばならない。学校のはす向かいには今でも監獄がある。

＊1　オーバーバイエルン地方の都市。オーストリアと国境を接するところに位置している。

ゾッとさせるような建物で、高さ三メートルの塀に囲まれ、重い格子の入った窓があった。そもそも矩形の穴と言ったほうがいいような窓だった。それゆえ毎日の通学には、気味の悪いものがあった。学校では、担任がいただけでなく、科目ごとに異なる教員が受け持った。「エーストリア人」の私が自分を主張するのは難しかった。すっかり同級生たちの嘲笑の的になった。高価な服を着た市民階級の子弟らが、なぜかは知らないが、蔑みを持って私を罰した。教師は助けてくれなかった。逆に、すぐ私は、彼らが怒りを爆発させるときの標的にされた。私は、これまで経験したことがないくらいに寄る辺ない存在となった。震えながら校舎に入り、泣きながらまたそこを出た。学校へ行くのは断頭台へ行くことだった。それでいて、刑の執行はいつも先延ばしにされた。苦悩に満ちた状況だった。同級生のうちに、友達になれそうな生徒は一人もいなかった。私は媚びへつらったが、彼らは私を突き放した。私は恐ろしい状況に置かれた。家では宿題をすることができなかった。脳髄の中まで、私のうちのすべては麻痺していた。母が私を閉じ込めても効果がなかった。そこに座ったまま、何にもできなかった。それで、宿題は終わったよと言って、母の目を誤魔化すようになった。私は急いで外に出て、泣きじゃくり、やるせない不安に囚われながら、通りや路地裏を歩き、公園や線路の築堤に逃げ場を求めた。とにかく死ぬことができたら！　それが、私の頭に絶えず浮かんでくる想いだった。ゼーキルヒェンを思うにつけ、泣きたい衝動に駆られた。誰も聞いていないことが確かなとき、大声で泣いた。屋根裏にのぼり、タウベンマルクトを真下に見下ろした。自殺を考えたのは、このときが初めてだ。何度も屋根裏の小窓から頭を突き出したが、そのたびまた引っ込めた。臆病だったから。肉の塊となって路上に転がり、道行く人が嘔吐する場面を想像して、嫌な気がした。生き続けねばならなかった。だが、不可能ではないのか。ひょっとして、洗濯物を掛ける紐が、救いをもたらしてはくれないだろうか？ と考えた。紐を屋根の梁にしっかり結わえ、輪を作って、その中にうまく自分を投げ込んだ。紐はちぎれ、私は、屋根裏にのぼる階段を四階まで転落した。自動車の前に飛び出すか、線路を枕に寝転がるか。私には逃げ場がなかった。初めて学校をサボった。宿題をせずに教師の前に引き出されることの不安が、急に抑え難くなったのだ。両耳を引っ張ったり、それに興ざめすると、差し出した手を籐《とう》の鞭で十度も叩いたりする教師の前に、出たくはなかった。監獄の入口のところでもう引き返した。逃げながら、学校のベルが鳴るのを聞いた。授業が始まったのだ。学校のカバンを下げながら、まず「緑野」へ下り、それからプールの方向へ歩いた。すれ違う人はみんな、私が学校をサボったことを知っているに違いない、と思った。首を竦めて歩いた。寒気を覚えたから。私は、ハイキングの行き先として人気がある「ヴォッヒンガー・エック」の草地にうずくまり、泣き出した。私は、たった一つのことを願った。取り返しがつかなくなる前に、祖父が来て、救ってくれることを。もう時間がなかった。私は終わりに近づいていた。終わりの代わりに、救済が来た。

エッテンドルフの農家の建物を内覧した私の後見人と母は、すぐ、祖父が住むのに最適だと判断した。家賃は廉価で立地は「この上なく」良かった。町まで遠くないが、それでいて完全に田舎にあった。祖父が一番重視していた環境、まさに、農民的環境だった。母は、頭の中でこの住居を両親のために調度することを考えていた。素晴らしい書斎になるわ、と言った。実際、母が前家賃を払い、祖父母が入居したわずか数週間後、この家の東南に向いた部屋は、素晴らしい書斎に変わった。出版社から前払いでもらったお金で指物師がやとわれ、祖父の構想を実現することが委託された。本や原稿を積んだトラックが家の前に止まり、書棚いっぱいに本が置かれた。ごく若いころから、バーゼルにいた時代から、わしは本を集めてきた、と祖父はいつも言っていた。お金はなかったけれど、本は増える一方だった。何千冊もあった。ミルテルバウアンの小家には、本を置く場所がまったくなくて、ほとんどが屋根裏に積んだままになっていた。今やエッテンドルフの新しい書斎の壁は、本でいっぱいだった。「自分がこんなに沢山の精神を集めていたとは、ちっとも気づかなかった」、と祖父は言った。「そしてこんなに沢山の愚物も集めていたとはな。」ヘーゲル、カント、ショーペンハウアーは、私が慣れ親しんでいた名前で、何か途方もないものがそれらの背後に隠れていた。「そしてシェークスピアにしてからが」、と祖父は言った。「いずれも凌駕しがたい高峰だ」。祖父は目の前に座り、パイプをふかしていた。やっぱり、自殺などせず祖父を待っていてよかった、と思った。私たち二人は、エッテンドルフから、新しい楽園を開拓しようとしていたのだ。ゼーキルヒェンにあったのと同じ楽園を。ここがバイエルンでありオーストリアでないということは、急にどうでもよくなった。ゼーキルヒェンの思い出、祖父の場合ウィーンの思い出は、今でも大切ではあったが、次第に、オーバーバイエルンの牧歌的田園にうまく気持ちを移すことができた。この田舎には大きな長所があった。なるほどカトリック的、ひどくカトリック的で、またナチス的、ひどくナチス的ではあったが、ヴァラー湖周辺地域と同じアルプス北麓にあるため、祖父の意図にはとても有益で、心配していたように祖父の精神が抑圧されることはなく、むしろ、あとで分かったことだが、飛翔することができたのだ。祖父は、ゼーキルヒェンにいたときより、勢いよく仕事をした。本人の言によれば、事実このとき、作家としての決定的時期に入り、ある種の哲学的高みに達したのだ。それがどういう意味なのか、私は知らなかった。祖父はいつも、大きな小説に取り組んでいる、としか言わなかった。祖父が小声で囁くばかりだったこの言葉を、祖母は強い調子で補った。「千頁以上になるのだそうよ」。どうして一人の人間が机に向かい、千頁も書くことができるのか、私にはまるで謎だった。百頁まとめることすら、まったく理解できなかった。一方で、今でも耳に残っているが、祖父は、「人が書くことなど、みんな戯言だ」、と言った。ではどうして、千頁も戯言を書こうなどと祖父は考えたのか？　祖父はいつも、信じられないような着想を沢山持っていた。だが、自分がこのあふれる着想ゆえに挫折したことも感じていた。わしらはみんな挫折するのさ、と祖父はことあるごとに言った。これは、私の根本思想でもある。もちろん当時、挫折とは何か、挫折が意味するところ、意味しうるものについて、まったく知らなかった。既に、挫折の過程を絶えずこの身に経験してはいたのだけれど。いや、信じられないくらい、とことん挫折した。学校のことだ。努力してもどうにもならなかった。自分を改めようと何度もやってはみたが、その途端、失敗した。教師が待ってくれることはなく、泥沼から救い出すべきときに、いつも、なお深く泥の中に突き落とした。機会あるごとに踏みつけた。彼らも「エーストリア人」という言い方が気に入っていて、この言葉で私を苦しめ、この言葉で昼も夜も私を追い立てた。私はもはや、安らぎをえることができなかった。足し算を間違え、割り算を間違え、まもなく、どこが上でどこが下なのかさえ分からなくなった。宿題提出のあと、私が書いた字は限りない散漫とだらしなさの典型例として、いつも槍玉に挙げられた。みんなの前に出させられ、籐の杖で打たれない日は一日もなかった。何の罰かは分かっていたが、なぜ自分がそれをしたのかは、分からなかった。まもなく私は、いわゆる一番劣等な子供のグループ、愚か者の群れに入れられ、この愚か者たちの方も、私を同類と見做した。逃れるすべはなかった。頭がいいと見られていた生徒は、私を避けた。やがて、自分がこちらにもあちらにも属さないということ、どのグループにも合わないということが分かった。そのうえ私は、いわゆるいいところの出ではなかった。いわば貧しい、外からやって来た人々の子なのだ。私たちには持ち家がなく、ただ「間借りしている」だけだったから。それがすべてを語っていた。賃貸アパートにいる、自分の家ではない。トラウンシュタインでは、それだけで死刑宣告に値するのだ。同じクラスに三人、孤児院から来ている子がいて、この子供たちに一番近しいものを感じた。三人は毎朝、「緑野」に通じる道の途中にある孤児院から、修道女に連れられて学校にやって来た。手をつなぎ合って、囚人が着るのに似た粗末な灰色のズボンと上着を身に着けていた。いつも髪を短く刈り上げ、同級生たちにまったく認知されていなかった。彼らは厄介者だったが、誰も彼らと悶着を起こそうとはしなかった。休憩時間、裕福な家の子は、大きな林檎と、たっぷりバターを塗ったパンをかじった。私と、孤児院から来た仲間たちは、何も塗っていない一片の乾いたパンで我慢しなければならなかった。私たち四人は無言の共謀者だった。私は実際、徹底的に挫折し、だんだん努力もしないようになった。祖父も救うすべを知らなかった。祖父と一緒のとき、私は息を吹き返した。行ってもよいと言われたらすぐ、タウベンマルクトを横切り、「シュニッツェルバウマーの小道」をガス工場まで下って、工場の前を通り、エッテンドルフに走った。十五分の道のりだった。息を弾ませながら、祖父の腕に飛び込んだ。ショルシはズールベルクの学校に通っていた。エッテンドルフはトラウンシュタイン市ではなく、ズールベルク市に属していたからだ。ショルシはまだ働かねばならなかったけれど、私は祖父のお伴をして、「夕方の散歩」に出ることが許された。母は少女時代、プリマ・バレリーナになることが期待されていたから、公立私立を問わずそもそも学校というものに通ったことがなく、たった一人の先生しか知らなかった。家で勉強を教えてくれた祖父である。なぜ私は学校に行かねばならないのだろう？　ただ、法律が変わったから、それだけ！　理解できないことだった。私には世界が理解できなかったし、もはや何一つ理解できることはなかった。祖父の言葉には耳を傾けたが、教師たちと折り合いをつける助けにはならなかった。私は、ほかの皆ほど馬鹿ではなかった。だが学校には適していなかった。教材にまるで興味を感じることがなく、次第に奈落へと追い込まれて行った。今は祖父がいてくれたけれど、エッテンドルフが聖なる山となり、毎日私はそこに巡礼してはいたけれど、日を追うごとに私は、一層悲惨なかたちで学校の網に、教師らの罠に捉えられ、もがいた。まもなく僕は窒息する、と私は考えた。学校の門の前で、方向転換した。駅の入場券を買うということを思い出した。十ペニヒ硬貨でそれを自動販売機から購入すると、改札を抜けて、何も考えず、来た列車に乗り込んだ。この最初の列車旅行で私は、ヴァーギングに行くことになった。列車は、エッテンドルフの祖父母の家のすぐ下を通った。そこを通ったとき、涙が出た。機関車は、最後の力を振り絞るかのように蒸気を吐いた。森を抜け、渓谷に入り、湿地と草原を抜けた。教室の自分の席が空になっている様子を思い浮かべた。列車は大きく蛇行したあと、ポプラ並木に沿ってヴァーギング駅に入った。もう三時間目だ、と思った。教師は私に対する怒りのあまり、怪物に変わっていた。ヴァーギングはひどくつましい静かな町で、ここにある湖は、浅くていつも水が暖かく、人気があった。だが荒涼としていた。葦に囲まれ、水に入っていくと、褐色の泥に足を取られた。しかし、来る前よりも一層悲しい気持ちにさせたこの町に列車が来ており、しかも三等車両だけでなく二等車両もあるということ、それは印象に残った。この町には何らかの重要性があるに違いない。表面を見ただけでは分からない重要性が。入場券を自販機で買い、それを使って何の障害もなく改札を通過できたのとまったく同じ方法を、帰りも使った。車掌は最後尾車両のデッキに座ったまま、終点まで検札に来ないということを、私は知っていた。もし来たらトイレに隠れよう、と思った。だが来なかった。だいたい学校が終わるころかと思われた時刻、家に帰った。母は、私の旅行のことは何も知らなかった。学校鞄を台所のベンチに置き、昼の食卓に着いた。あたかも学校に行ってきたかのように振舞ったが、演技があまり上手でなくて、母はすぐ、疑念を持った。結局私は、言語道断な自分の行為を白状した。キッチンの棚の上が既に定位置となっていた牛革の鞭に、母が手を伸ばす前に、私は跳びあがり、ドアの横の片隅に縮こまった。母は私をずっと打ち続けた。ポッシンガー家の娘の一人が、私の哀れな絶叫の原因を突き止めようと階下から駆け上がってくるまで、続けた。それは一番上の娘エリーだった。母は打擲をやめた。手にはまだ、牛革の鞭が震えていた。エリーは、「今度は何をやらかしたの？　この子は」、と訊ねた。実際、私は恐ろしい子供、エリーの言葉で言えば、「不穏分子」だったのだ。エリーはいわば、母のアシスタントとしてその横に立ち、「不穏分子」という言葉を、何度も口にした。この言葉は、私の心に深く突き刺さった。彼女が初めてそれを口にした瞬間から、私は、エリー・ポッシンガーを恐れた。エリーは強く、巨人のようで、当時の私には知りえなかったけれど、すこぶるやさしい心の持ち主だった。ポッシンガー家の娘のうち、結婚したのは彼女が一番早かったが、婚礼のわずか数週間後、戦争で夫を亡くした。偶然にも、エリー・ポッシンガーの夫を最後に見たのは、私の後見人にほかならなかった。後見人は彼と同じく、モンテネグロのカルスト地方で軍役に就いたのだ。後見人は、エリーが悲しみをこらえきれなくなって泣き出すと、よくその横に座って、彼女の夫が、「石窟の中からじっとこちらを見ていたよ」、と言った。それを聞くとエリーはいつも、破裂せんばかりに泣き出すのだ。私は、クラスで一番才能があったが、同時に、学校に関するかぎりもっとも能力のない生徒であった。私の才能は、周囲が思っていたようには進級に役立たず、これ以上ないほどにすべてを妨げた。基本的に私は、ほかのどんな子供よりも遥かに進んでいたし、ゼーキルヒェンから持ってきた教材は、ここの生徒が引っかかっている教材よりもずっと広範であったが、私にとっての不幸は、祖父が何年にもわたって私にたたき込んだ学校へのほとんど病的とも言っていい嫌悪を捨てることができず、学校とは愚鈍と非精神の工場である、という祖父の格言が、学校について何を考えるにつけてもその上に輝き続ける無類の決定的格言になっていたことであった。母は教師に相談し、教師は私に関して、まさに破局が訪れることを予言した。母は、すべては移住にその原因があると考え、祖父は、学校ではなく私を弁護した。私は毎日学校という地獄の中へ下りていき、シャウムブルガー通りという中間世界に帰り、午後には祖父の住む聖なる山に登った。私が一番幸せに感じたのは、この聖なる山に泊まることだった。その際は学校の道具を持って行き、朝、聖なる山から直接地獄に降りて行った。悪魔たちが私を懲らしめるやり方はますますあからさまになった。このころ、オーストリアは突然ドイツに属すことになり、「オーストリア」の名称は使ってはいけないことになった。[*1] ここトラウンシュタインでは、もう大分前から、「グリュース・ゴット（こんにちは！）」[*2] ではなく、『ハイル・ヒトラー」と挨拶するようになっていて、日曜にはミサに行く黒服の人々だけでなく、金切り声をあげる褐色の群

＊1　一九三八年三月、オーストリアはドイツに併合された。以後、ナチス政権が崩壊するまで、オーストリアはドイツの一地方として、「オストマルク」と呼ばれた。なお、併合前のオーストリア・ファシズムの政権は、ナチズムを禁止していた。

＊2　「グリュース・ゴット（Grüß Gott）」は、オーストリアやドイツのバイエルン地方で一般的な挨拶。

集[*1]、オーストリアにはいなかった群集が見受けられるようになった。一九三九年にトラウンシュタインで開催されたいわゆる「管区大会」の際には、何万人もの褐色のシャツを着た党員がシュタット広場を行進した。国家社会主義者の何百ものグループが、それぞれの旗を掲げ、ホルスト・ヴェッセルの歌や『弱った骨が震える』を歌った[*2]。センセーショナルなことが好きだったから、私は、何も見逃すことがないよう、朝早く家を出て会場に走った。クライマックスとして、ミュンヒェンから来たギースラー地方長官が演説するという予告があった。ギースラーが演台にのぼり、大声でがなり始める情景が今でも目に浮かぶ。ひとことも聞き取れなかった。ギースラーの演説を伝えるため広場に設置されたスピーカーは、うるさくガアガアいう音しか伝えなかった。突然、地方長官ギースラーは卒倒し、黄土色の人形のように演壇の後ろに姿を消した。群集の中にはすぐ、ギースラーが心臓発作に襲われた、といううわさが広まった。何万人もの人々がその場をあとにした。広場に静寂が訪れた。その晩のラジオ放送で、地方長官ギースラーが死んだという公式の発表を聞いた。この管区大会のとき、私はいわゆる「ヒトラーユーゲント」の前段階にあたるいわゆる「ユングフォルク」の一員ではまだなかったけれど、そのあとすぐに加入した。問われることもなく私は、ある日、監獄のすぐ隣にある実科学校の校庭で、一列に並んだ同年の少年たちと一緒に、「小隊長」と呼ばれた人の前に立たねばならなかった。ユングフォルクは、黒いコーデュロイのズボンを穿き、褐色のシャツを着ていなければならなかった。襟の周りに黒いチーフを巻き、そのチーフを、より合わせた革のリングに通して、胸の上に下げておくことになっていた。そして膝まで届く白い靴下を穿かねばならなかった。コーデュロイはコーデュロイだと考えていた祖母は、シュタット広場にあった市内で最も有名な衣料品店、縫製師を一人雇っていた衣料品店トイフェルで、黒ではなく褐色のコーデュロイでズボンを一着作らせた。褐色の方がいいと考えたからだ。立ち並んだ新しいユングフォルクの団員のうち、私だけが、みんなと違う色のコーデュロイのズボンを穿いていた。小隊長は私にビンタを食らわし、次は規則にある通り、黒いコーデュロイのズボンを穿いて来い、という命令とともに、実科学校の校庭から追い払った。それで大急ぎで黒いコーデュロイのズボンを作らせた。ユングフォルクは、学校よりもなおひどいところだった。まもなく私は、いつも同じくだらない歌を歌うこと、いつも同じ道を大きな声を上げて行進して歩くことに、嫌気が差した。いわゆる「教練」が嫌いだったし、戦争ごっこには向いていなかった。家族は私に、ユングフォルクのこの拷問を甘んじて受けてくれ、と懇願した

＊1　褐色はナチスの制服の色。
＊2　ホルスト・ヴェッセルの歌はナチ党の公式歌。『弱った骨が震える』も、ナチス時代によく歌われた歌。

が、それがなぜなのかは言わなかった。家族のために拷問を受けた。私は、周囲から独立していること、たいていの時間、独りでいることに慣れていた。群れを憎み、大衆を嫌い、声を合わせて百回も千回も咆哮することを嫌った。ユングフォルクに入って感動したのは、雨水を完全に遮断する褐色の合羽だけだった。この合羽の色がナチ党の色であったことは、どうでもよかった。祖父は、ユングフォルクにはゾッとすると言った。「だが、お前は行ってくれ。心からのお願いだ」、とも言った。「この上ない自己克服が必要だとしても。」まもなく、ユングフォルクのすべてにうんざりした。私にチャンスがあったのは競走だった。五十メートル走であれ百メートル走であれ、五百メートル走であれ、いつも一番になった。年に二度開催された競技会で、限りない賞賛を受けた。台にのぼらされ、表彰された。小隊長が私の胸に勝者のピンを留めた。私は誇らかな気持ちでピンをしたまま家へ帰った。このピンが私を守ってくれた。そうした勝者のピンを私はいくつももらった。水泳大会でも一度一番になり、勝者のピンをもらうことができた。とはいえ、胸に勝者のピンを留められたからといって、ユングフォルクに対する嫌悪、その暴君性に対する嫌悪が抑えられることは、ちっともなかった。急に私は、いわば優秀な走者として、ほかの子供よりも色々やってみることが許された。私はこの機会を存分に利用した。私がそれほど速く走ったのは、いつも不安のため、死の不安からであった。拷問は、最初に勝者のピンを獲得したとき以降、和らげられた。だが、この競技会自体が嫌な気持ちにした。政治のことはまだ何も分からなかった。ただユングフォルクにまつわることのすべてが癪《しゃく》に障った。競走で勝利したことは、ユングフォルクの中でしか効力がなかったし、それによって生じた利点は使い尽くして、学校のみんなは気づきすらしなかった。私の置かれた状況が恐ろしいものであることは、依然として変わらなかった。学校では「ハイル・ヒトラー」の挨拶が下手糞だからといって平手打ちを食らった。ドイツ語の時間には疲れから居眠りしてしまい、籐枝のステッキでしたたかに十回も打たれた。罰として、何十頁にもわたって、「私は注意を集中しなければなりません」と、同じ文言を書かされた。拷問者たちのアイデアは途方もなく豊富だった。だが、私を苦しめたのは教師たちだけではない。同級生たちも私を苦しめた。ひょっとして僕は高慢なんだろうか？ と、私は考えた。あるいは高慢の正反対なのだろうか。どの方向から考えても、解決策は見つからなかった。教育の向かう先には暗雲が立ち込めていた。このころのことだ。トラウンシュタイン市直属医師の細君で、病院の近所に住んでいたドクター・ポップ夫人という人が、月に二回、大きめの革鞄に入れた使い古しの下着や靴下などと一緒に、「健康ケーキ」と呼ばれるケーキを持ってシャウムブルガー通りの我が家を訪れた。彼女は体にぴったりの服を着、平たく伸ばした髪を後ろで大きな結び目に結っていた。マリーエン通りに彼女のオフィスがあった。二階のデスクの後ろに座ったドクター・ポップ夫人は、「施し物」を受け取りにやって来た私がオフィスに入ると、頭から足先までじろじろと検分した。というのも、我が家はトラウンシュタインで貧困世帯に登録されていて、社会福祉の援助を受けていたのだ。私はこの夫人が怖くて、この人の前に出ると、一語も言葉が出なかった。「施し物」を受取ったあと、お礼を言わねばならないのが、本当に嫌だった。ポップ夫人のもとに行かねばならないとなると、怒りに震えた。そして、ポップ夫人の手から「施し物」を受け取らねばならないという屈辱に震えた。使い古した下着にはゾッとしたし、健康ケーキはのどに詰まった。母は、ドクター・ポップ夫人に何も感じていなかった。あの女性には丁寧に接しなさい、と言った。聖なる山に君臨していた祖父は、そのような些事にかかわろうとしなかったけれど、まさにそうした幾百もの些事の中で、私は窒息しかけていたのだ。些事は積み重なり、まもなく息ができなくなった。だが、私はポップ夫人を誰よりも恐れ、ポップ夫人に何かを感じた。それが何であるか突き止めるだけの力は、なかったけれど。しかし思い違いではなかった。ある日、ポップ夫人はシャウムブルガー通りに面しタウベンマルクト側に入口がある我が家に現れた。そして母に向かって、療養のために私を、「深い森の中にある施設に送ったほうがいいですよ」、「この子には違った空気が必要ですからね」、と言ったのだ。ポップ夫人のこの知らせに母が感激している様子が、私をひどく失望させた。母は、もう決まったことのように感謝の言葉を口にすると、ポップ夫人と握手した。このとき、夫人の悪意ある眼差しが容赦なく私を貫いた。私はポップ夫人が出ていったあとすぐ大声で、「嫌だ!」、と叫びたかった。が、その力がなかった。母はおそらくホッとしたのだ。しばらくのあいだ私が目の前から消えることに。母は内心、私とやりあうだけの力がもうないと感じていた。私を抑えこむことはできなかった。毎日諍《いさか》いになり、ときにエスカレートした。母は怒りに震え、牛革の鞭ではもう駄目だと考えた。キッチンの窓に茶碗や鍋を投げつけ、ガラスが砕けた。私自身、母の絶望が分かっていた。母にはまったく何の罪もなかった。母は、私をどう扱ったらいいか分からなくなったのだ。手なずけられなくなったこの子供に、疲れ切っていた。その子がしばらくのあいだ自分の周囲から消えるという見込みだけが、母を、幸せではないが、自由な気持ちにしたのだ。この事実に私は愕然とした。母親が自分の子をいわば「捨てたい」と考えるなんて、理解できない、と思った。さらにがっかりしたのは、この、「深い森の中での」療養休暇に対して、祖父が何も異議を唱えなかったことだ。一度チラッと会っただけのポップ夫人を、祖父は、「気味が悪い」と評しはしたが、「あの婦人はお前に良かれと思うことをしているだけだよ」、と言った。今や私は完全に見捨てられてしまった。またしてもこの上なく陰鬱な気分に陥り、自殺を考えた。私が屋根裏部屋の窓から飛び降りたり、首を吊ったり、母の睡眠薬で死のうとしたりしなかったのは、ただ、不注意から孫を死なせてしまったという苦痛を祖父に味あわせたくなかったからだ。祖父への愛だけが、幼いころの私に自殺を思いとどまらせた。そうでなければ死ぬことなど簡単だった。世界は、何年にもわたって何もかも非人間的な重圧であり、いつも私をおし潰してしまうぞと脅していた。それでもギリギリのところで思いとどまって、私は運命に身を任せた。療養滞在へ出発する日が近づいていた。下着やシャツ類が洗濯され、上に着る衣服が綺麗にされ、靴が、修繕するために靴屋に持って行かれた。目的地はザールフェルデン、つまりザルツブルク州の高山地帯の中だから、遠くはない、と言われた。出発の前日の晩、ポップ夫人が、ボール紙の札に紐をつないだものを持って現れ、出発の際は、胸に下げた札がよく見えるようにその紐を首の周りに結んでおきなさい、と指示した。ボール紙には私の姓名と目的地が記されていた。ほんの二時間、眺めのいい風景の中を列車で行くだけだ、きっと楽しむことができるぞ、と祖父は言った。それがそうではなかったのだ。列車は、ザールフェルデンを目指してザルツブルクの方向へ出発したのではなく、ミュンヒェンの方向へ、テューリンゲンのザールフェルトを目指して出発したのだ。私の家族は、ボール紙に書かれた文字をチラッと一瞥しただけだった。出発のときにはもう暗くなっていて、私は騙されたのだ。トラウンシュタインは消えた。列車はキーム湖畔の湿地と沼地を通って、どんどん西に向かって走った。これほど装備がしっかりした列車に乗ったのは、初めてだった。座席にはクッションが付いていて、ほとんど音を立てずに列車は一秒一秒と速度を増した。初めのうちは自制できたが、ザールフェルデンではなくザールフェルトへ行くのだということが分かったショックから、どうしようもなく涙があふれた。二週間したらファラルト叔父さんがお前に会いに行くからな、という声がまだ耳に残っていた。すべては誤解だった。それどころか、ひょっとすると卑劣な罠だったのかもしれない。私はテューリンゲンに、何の具体的イメージも持っていなかった。知っていたのは、ずっと北にあるということだけだった。私は、不幸の中に転がり落ちた。ザールフェルトであってザールフェルデンではないということを、みんなが知っていたのだとしたら、家族は私を罠にかけ、私に対する罪を犯した。知らなかったのだとしたら、私に対して許しがたい怠慢の罪を犯したのだ。このとき、不意に、自分の家族なら何でもしかねない、と思った。家族を呪った。まさにこの瞬間にこそ、死んでしまいたいと思った。泣きじゃくりながら、次第に夜が深くなっていく中、私は家族から遠ざかって行った。家族のみんなは、今、本来の恐ろしい顔を現したのだ。私は、心に湧いてくるあらゆる疑いと、それに続く怨みつらみの対象に、祖父をも取り込んだ。同じ車室を満たしていた少年たち、この赤い牽引車に引かれた他の多くの車室を満たしていた少年たちは、私の絶望をまるで気に留めていなかった。いずれにせよ彼らは、今まさに始まったこの企画にはしゃいでいるように見えた。ほとんどの少年にとって、これが初めての鉄道の旅であったが、私にとって列車の旅はもう何年も前からなじみのもので、この間に私は、学校に行く代わりに何十回も列車に乗って、どこかへ逃避行した経験を持っていたのだ。入場券を買おうが買うまいが、いつも上手くいった。一度も見つかったことはなかった。だから私は、トラウンシュタインから出ている鉄道路線をすべて知っていたし、もちろん、ミュンヒェンへ向かう路線も知っていた。家族には、ごくわずかな酌量の余地もなかった。知っていたにせよ知らなかったにせよ、私に対する罪を犯した。愛する息子、愛する孫と言いながら、その大事な息子であり孫である私を旅に出す、いや、実際には恐ろしい不確定性の中へ抛《ほう》り出すという肝心なときに、その旅が本当はどこへ向かうのか、よく確かめもせず、ザールフェルトとザールフェルデンを取り違えるなどという、とんでもなく軽率なことをしたのだ。このことが、私の気持ちを深く揺すぶった。私たちのグループを監督していたのは、NS国民厚生団[*1]のシスターであった。彼女は、私たちが座っている車室に首を突っ込み、人数を数えたとき、私が泣いているのに気づいた。「男の子が泣いたりしちゃ駄目よ」、と言った。「ほかに誰も泣いてる子なんかいないわよ。」みんな、愉快そうにはしゃいだ様子で旅に出ていた。これは楽しい旅なのだから。私だけが違う。それが私に対する最初の非難だった。彼女は、ほかの子と違って私が旅行の食べ物を何も持っていないことに気づいた。「ああ、何て可哀想な子だろ」、と大声で言った。「この長旅に何にも持たせてやらないなんて、何て冷たい親だろうね。」彼女は、「何て冷たい親だろう」、と繰り返した。その言葉が、直接私の胸に突き刺さった。説明するだけの気力がなかった。僕の家族は、ザルツブルクの山岳地帯にあるザールフェルデンに行くのだとばかり思って、つまり二時間しか離れていないところに行くのだと思っていて、テューリンゲンのザールフェルトに行くのだなんて、思っていないのです、と。突然、私は可哀想な少年ということになり、食べ物が集められ、しまいには、ほかの誰よりも沢山の林檎とバターパンを受取った。ほかの子はみんなオーバーバイエルンの東南部から来ていた。青白い顔をしていた。ひどく訛《なま》った言葉づかいで、本物の労働者階級《プロレタリアート》の子供たちであった。彼らはいかにも貧しそうな、没趣味な服装をしていた。列車が動き出すやいなや、みんなが食べ始めた。「何て可哀想な子だろ」。NS国民厚生団のシスターは私に言い、しばらくのあいだ、私の両手をしっかり自分の両手の中に握った。私は急に大人しくなり、泣くのをやめた。両手で握りしめられて安心したからではない。嫌悪と嘔吐感からだった。私は、ほかのみんなと同時に食事を始めた。ミュンヒェンに着いたら、一旦列車を降りますよ。そこで一晩、ある方のお家《うち》に泊めてもらいます、と言われた。そして、翌朝、ミュンヒェンからバンベルク、リヒテンフェルスを経由して、ザールフェルトに向かうのだという。しまいに私の好奇心は絶望よりも大きくなって、今では貪欲に窓外ばかり眺めていた。窓側の席から見ていると、ミュンヒェンでは、防空のために投入されたという

＊1　国家社会主義ドイツ労働者党（ナチス）により一九三二年に設立。翌年の政権掌握後から一九四五年まで、党の社会福祉組織であった。

サーチライトが、夜空を切り刻んでいた。こんな光景は初めてだ。みんながその光景に引きつけられ、窓に殺到し、夜空を探照するサーチライトの一本一本を眺めた。この時点で、まだミュンヒェンに爆撃は行われていなかった。この光の柱を見たことが、戦争というものに直面した私の最初の体験だ。私の後見人がずっと前に召集されたということ、さしあたりポーランドに行かねばならなかったということは、特別心を動かしはしなかったけれど、このサーチライトのスペクタクルは途方もないものだった。ミュンヒェンに着くと、私を含めた五人が一つの住居に連れて行かれ、一人の老婦人が夕食を用意して待っていた。夕食のあと、ガラス扉の後ろへ入り（そのガラス扉にはオリエント風の模様が入った綺麗な古い壁紙が貼られていた）、床に就いた。当然のことながら、その夜は眠れなかった。幸いなことに。というのは、眠ることができなかったあるいは眠ろうとしなかったおかげで、ずいぶん久しぶりに、おねしょをせずにすんだのだ。私はつまり、かなり前から、お漏らしをするようになっていた。「不穏分子」であることに加え、ときとともに「小便小僧」にもなっていたのだ。家にいるときは毎晩、濡れたシーツの上で目を覚まし、当然、ひどく驚いた。おねしょをするのには何か原因がある筈だが、自分ではまったく分からなかった。目を覚ましたとたん、この上ない不幸に突き落とされた。不安に震え上がった。そのたびに毛布で自分の恥を隠そうとしたが、起き上がるとすぐ、怒った母が毛布を引きはがし、シーツを私の顔に叩きつけた。何ヶ月も、何年も続いた。

私は新しい、ほとんど致命的な肩書に甘んじなければならなかった。「小便小僧」の肩書に！　学校から歩いて帰って来ると、シャウムブルガー通りの中空に、大きな黄色いシミのついたシーツが窓から下がっているのが見えた。母が、ある日はシャウムブルガー通りに面した窓から、翌日はタウベンマルクト側の窓から、私の濡れたシーツを掲げたのだ。「驚かせるためにこうするのよ！　お前がどういう子なのか、みんなに見てもらうためにね」、と母は言った。この辱めに逆らうことはできなかった。夜尿症はどんどんひどくなった。いつも、目を覚ましたときはもう遅かった。今思い返してみると、就寝中だけでなく、昼もしょっちゅうビショビショのズボンを穿いていることが何年も続いた。冬、ズボンを濡らしたまま家に帰る勇気がなくて、寒さに震えながら何時間も町中を彷徨《さまよ》った。歩いているうちに下着が乾くかもしれない、と思ったのだ。が、誤りだった。結局、太腿のあいだがいつも小便でただれ、擦り切れていた。一歩一歩が苦痛だった。あらゆる機会に漏らした。教会でも、スキーを滑るときも、いつでも、どこでも。告解に行けば（母が行かせたのだ）、跪き、自分の罪をもぞもぞつぶやいているあいだに、漏れた。告解席から出るとき、床の上に嫌な水溜りを見て、消え入りたい気がした。校門を出る前、いわゆる目上の人と話をしなければならなかったとき、漏らした。そして毎晩だ。今でも、母がポップ夫人に言っている声が聞こえる。「嫌になってしまうわ。この子はおねしょするんですよ。」この言葉が、私をザールフェルトに送る契機になったのだと思う。

タウベンマルクトに住んでいる人たち全員と、シャウムブルガー通りに住んでいる人たち全員が、私のおねしょのことを知っていた。母が毎日、私のあの驚愕の旗を掲げたから。首を竦めて学校から帰って来ると、旗は風に翻り、私が何であるかをみんなに告げていた。だから、誰に会っても恥ずかしかった。ありえないことではあったが、世界中が私のおねしょを知っている、と信じていた。そしてもちろん、学校に入る前に既に見舞われていなければ、授業を受けているあいだに、この不幸に見舞われた。ミュンヒェンで過ごしたこの夜、私はずいぶん久しぶりに、おねしょをせずにすんだのだ。シーツは乾いたままだった。だが、それは一回きりのことで、そうではない状態がその後も長く続いた。何年にもおよぶ期間のあいだ、私はこれを、まったくもって不自然で愕然とするくらい異常なことだと感じてはいたが、実はこれが、私の置かれた状態の最も自然な発現だったということを、今では自覚している。我が家のいわゆる「かかりつけ医」、太ったヴェスターマイヤー先生に、母が相談したことがあった。私のおねしょに対して、どうしたらいいかまったく分からない、と母が打ち明けたとき、医者は肩を竦めただけだった。私が病気になるたび、この太ったヴェスターマイヤー先生は、火の点いたタバコを口から外すこともせず、私の上にかがみこむと、その巨大な汗だくの頭を私の胸郭に当てて、音を聞いた。医者には何もなす術がない。医者は故障を確認するだけなのだ。一度、幸いにも、漏らしてしまう前に目を覚ましたことがあった。ベッドから降り、辛うじてトイレに行くのに間にあった。ところが、夜が明けてみると、私がトイレのドアと思ったものが、実は洗濯物を入れる棚のドアだったことが判明した。外観がほとんど同じだったから。驚愕は二倍となり、罰は恐るべきものであった。ミュンヒェンの夜は、子供の頭で考えられる限りの、あらゆる絶望的想念に満ちていた。早朝、首にボール紙の札を下げた子供のグループが、ベルリンに向けて出発する急行列車の車室にひしめいた。ミュンヒェンからバンベルク、リヒテンフェルス等々を通って行く路線は、まだ電化されていなかった。巨大なボルシヒ社製[*1]の機関車が、列車を中央駅から引っ張り出した。全行程のほとんどの区間、風景は、黒く臭い煙に覆われて見えなかった。停車すると、我々の頭が窓に集まった。みんな既にお互いの名前を、出身地を、親の仕事を、家族がどうしているかを知っていた。お父さんの苗字がファビアンなのに、なぜ君はベルンハルトと言うんだい？　と、ここでも訊ねられた。既に何千回も私は、この問いを甘んじて受けねばならなかったのだ。この父親というのは僕の本当のお父さんじゃなくて、後見人なのさ、僕を入籍する手続きをしてないんだよ。「入籍」というのはね、この手続きの専門的な言い方さ、それをしていたとしたら僕は、後見人と同じファビアン

---

*1　ドイツの製造メーカー。

という苗字で、ベルンハルトとは言わなかった筈なんだ。僕の本当の父親は、まだ生きてはいるんだが、どこにいるのか分からないし、そもそも僕は、お父さんのことは何にも知らないのさ。会ったことが一度もないんだよ。そう説明した。私が自分について話したことをどう受け止めたらいいのか、聞き手は戸惑うばかりだった。しかしそれは、彼ら自身の話よりも突飛なものだった。でも、僕にはお祖父さんがいて、お祖父さんは作家で、僕が一番好きな人なんだ。彼らは、それが何なのか、つまり作家とは何なのか、まるで知らなかった。彼らの祖父は屋根葺き職人や左官屋だった。作家っていうのは物書きのことさ、原稿を書くんだよ、と、私は説明した。ところが原稿という語も、彼らが初めて耳にする言葉だった。詳しく説明したところで意味がなかった。ザールフェルトに降り立つと、駅のホームでさらに大きなグループとなった。おそらく五十人くらい、ひょっとするともっと大勢で、三列になって、面倒を見てくれているNS国民厚生団のシスターのあとについて行った。私はこのシスターが、最大の注意を自分に向けているような気がしていた。この人は、私が誰であり、何であるのか、つまり、私がゾッとするような存在であり、おねしょをし、不穏分子等々であるということを知っているのだ、と思った。まっすぐ彼女の目を見る勇気がなかった。家族のみんなは、私が今、ザールフェルデンではなくザールフェルトにいるということを知っているだろうか？　到着の翌日すぐに、家族を安心させるため、絵はがきを送った。ほかのみんなも、NS国民厚生団のシスターの指示に従い、同じようにした。あとから分かったことだが、出発から一週間たってこの絵はがきを見たとき、私の家族は、初めてことの真相を知ったのであった。そして愕然とした。彼らが犯した過ちを、私は生涯忘れなかった。児童のための療養所は、森の真ん中に、大きな間伐地の中にあった。その点、ポップ夫人が言ったことは嘘ではなかった。療養所の一部は、破風屋根と小さな塔が沢山ある木骨作りの建物で、もしかすると昔、領主が狩をするために建てた離宮であったのかもしれない。児童のための療養所と呼ばれたこの施設が、しかし実際には療養所ではなく、「教育の難しい子供のための家」であったということを、私は四十年後、この施設を再訪したとき、初めて知った。一見したところまるで、牧歌的な田園にやって来たように見えた。二段ベッドの置かれた小さな部屋が沢山あって、私には上段のベッドが割り当てられた。一日は、ハーケンクロイツの旗を引っ張り上げることで始まり、この旗は暗くなるまでずっと中庭に掲げられていた。旗がマストの先まで揚がると、私たちは周囲に集まって、ナチス式の挨拶をするため片手を上げ、一斉にハイル・ヒトラーと叫ばねばならなかった。暗くなると旗は再び下ろされた。私たちはまた同じように集合し、旗が下りきると、再度、まったく同じように手を上げ、ハイル・ヒトラーと叫ぶのであった。旗が揚がったあと、三列に整列し、行進でその場を離れた。初めの数日間、幾つかの歌を覚えさせられ、それを歌わねばならなかった。どんな歌だったか、もう思い出すことができないが、一番よく歌ったのは、「シュタイガーの森」という言葉を中心にしていた。周りの風景は、感動するほどではなかったけれど、綺麗だった。食事は美味しかった。教育係として勤めていたのは二人で、NS国民厚生団のシスターから引き継いだ最初の瞬間から、私たちを教育した。時間を守ること、清潔にすること、従順であることについての講演が初めにあった。ハイル・ヒトラーの挨拶をするとき、手は、正確にはどのように上げねばならないか、などなどだった。私にとっての不幸は、早くも最初の晩に、夜尿症が発覚したことだ。ここザールフェルトでの対処法は、次の如くだった。私の、大きな黄色いシミの付いたシーツが朝食室で広げられ、それが私のものであることが、みんなに告げられるのだ。だが、おねしょした者が受ける罰は、それだけではなかった。ほかのみんながもらえる「甘いスープ」と呼ばれるスープが、もらえなかった。そもそも朝食がもらえなかった。私はこの「甘いスープ」がこの上なく好きだった。それは、牛乳と小麦粉とカカオで作った粥をスープ皿によそったもので、この粥がもらえない日が重なるほどに（それはほとんど毎日であったが）、当然、私の渇望は大きくなった。夜尿症は治ることがなかったから、ザールフェルトにいるあいだずっと私は、この粥がもらえないことに苦しめられた。薬が出されたが、まるで効き目がなかった。毎朝、自分のシーツが朝食室に広げられるのを見ながら、粥をもらえずに座っているのは、いたたまれなかった。恥辱だった。まだ到着したばかりのころ、友情を示してくれた少年たちは、今はもう友達ではなかった。私は意地悪な、嘲笑を含まなくはない目で、皆から観察された。おねしょする者の横には、誰も座りたがらなかった。誰も、おねしょをする者と一緒に歩きたがらなかった。もちろん誰も、おねしょをする者と同じ部屋に眠りたいとは思わなかった。不意に私は、これまでなかったほどの孤独に見舞われた。二週間に一度自宅に手紙を書くことが許されたが、楽しい内容でなければならないと言われた。絶望は、今となってはまったく想像することができないくらい深くなった。旗が取り込まれるとき、すきっ腹を抱えたまま私は、ハイル・ヒトラーと叫んだ。「シュタイガーの森」の歌を口ずさみながら、ほかの少年たちと一緒に行進した。新たな地獄に落ち込んだのだ。けれど、同じように苦しんでいる仲間を一人見つけた。クヴェーンベルガーという姓で、この名は一生忘れないだろう。いわゆるクル病を患っていて、両手と両足に奇形があった。すっかり痩せ細っていた。考えられる限りもっともみじめな体形をしていて、彼がハイル・ヒトラーと言ったり、テューリンゲンの森を歩いたりしているのを見ると、ひどく可哀想に思えた。彼の身には、私以上にずっと困ったことが毎晩起こった。ベッドを大便で汚したのだ。あの恐ろしい情景がまざまざと目に浮かぶ。ほかには貯蔵室が並んでいるだけの地下の洗濯室で、クヴェーンベルガーの頭に大便で汚れた彼のシーツが巻きつけられ、その横で私は、睾丸の脇の擦り切れた太ももに、白いパウダーをつけてもらっていた。私は仲間を見つけた。自分よりずっと大きな犠牲者を。教育係の二人やシスターは、私たちを励ますこともももちろんあったが、大概の場合自制心を失くして、私たちを虐待した。ドイツの少年は泣いたりなんかしないものだ！　と言われたが、テューリンゲンの森にいるあいだ、私は泣いてばかりいた。教育係とシスターの取った方法は、私とクヴェーンベルガーに関しては失敗だった。私たちの状態は良くなる代りにひどくなっていった。私はトラウンシュタインに、特にエッテンドルフにいる祖父のところに帰りたくて仕方なかったけれど、この苦役が終わるまで、何ヶ月もの時がかかった。テューリンゲンという名称や、特にテューリンゲンの森という言い方は、私にとって、現在に至るまでゾッとさせる言葉なのだ。今から三年前、ワイマルとライプツィヒに向かう途上、私は、かつての自分の最大の絶望の地を訪ねてみた。見つかるとは思っていなかったが、実際それは、まだそこにあった。しかも、少しも変わっていなかった。昔私たちがしたのとまったく同様に、今、この木骨作りの建物に収容されている子供たちも、行進で濡れた靴を、入口前の木柵の棒に差して、乾かしていた。同じ光景、変わらなかった。ただ、建物が建っていた場所はもう、間伐地ではなかった。周囲の森はすっかり伐採され、開けた野原の中に、その建物はあったのだ。車で目的地に向かう途中、何度か、「人民警察」[*1]に止められた。その際、ザールフェルトが記憶と大分違っていたので、療養施設がどこにあるのか、尋ねてみた。そのとき私は、それが療養施設などではなく、ずっと前から、「教育の難しい子供のための家」であったことを知らされたのだ。通過は許可された。車がオーストリア・ナンバーだったから怪しまれたのであった。でも、四十年くらい前、俺もあそこに入っていたんだけどなあ、と、ザールフェルトのシュタット広場で道を訊ねた相手の男に、私は言った。男は首を振っただけで、向こうを向いて、行ってしまった。私は木柵の棒に裏返しにしてひっかけられた子供の短靴や長靴を眺めていた。するとまもなく、一人の教育係が現れた。そこの下は洗濯室だね、と私が言うと、教育係はその通りだと言った。そこの上が寝室、あそこは朝食を食べる部屋だね。何も変わっていなかった。旗竿には、ドイツ民主共和国[*2]の旗がかかっていた。若手の教育係で、話し始めて二、三分しかたたないころ、上階の窓から顔を出していた明らかに先輩と思われる同僚に、口笛で呼び戻された。私は消えなければならなかった。車に戻り、ワイマルとライプツィヒに向かう旅を続けた。昔味わった恐怖の舞台なんか、訪ねるべきじゃなかった、とそのときは思った。今はそう思わない。行っておいてよかったのだ。時代も方法も、変わることはない。その証拠が一つ、頭の中に増えたのであった。この施設で過ごした日々はいつも同じだった。午前中は北へ、南へ、東へ、西へと野を越え、野を下った。午後は、小学

＊1　東独の警察は正式名で「ドイツ人民警察」と称した。
＊2　東独の正式名称。

校の全教科の授業があった。ここでも私はまた、頭が痺れたようになった。家族から葉書が、二、三枚届いた。母からのものと、祖父からのもの。手書きの葉書だ。葉書の上で私は嗚咽《おえつ》した。葉書は濡れてしまって、何が書かれているのか読めないくらいになった。寝るときは葉書を枕の下に入れた。寝る前にはたった二つの望みしかなかった。朝食に甘いスープを飲めること、そしてまもなくまた、祖父のところに帰ること。施設を去る二、三週間前、シスターと私たちはクリスマス劇の猛練習をした。私は天使の役を演じなければならなかった。完全にわき役だ。私にはこれっぽっちの能力も認められなかったから。台詞は二つ三つしかなかったが、それでも出番はあった。これまでずっと、暗記がひどく苦手だった。ごく短い文でも覚えることができなかった。今でもどうして俳優が長い台詞を覚えられるのか、ときには百ページもの長い台詞を覚えることができるのか、分からない。それは私には謎のままであり続けるだろう。いずれにせよ、二、三週間のうちに二つの台詞を覚えて、それを忘れないでおくことに、ひどく苦労した。ゲネプロではすべてうまくいった。ところが、プレミエになり、出番がもはや避けがたいものとなったとき、不意に、この秘密に満ちた劇の作者であるシスターから、背中をドンと一押しされ、ホールに飛び込んだのであった。なんとか転ばずには済んだが、一言も発することができなかった。度を失いながらも、ト書きにある通り両腕を、つまり両方の翼を広げたが、台詞は出て来なかった。すると、劇の作者であるシスターが、天使の衣装として私に着せていた彼女自身のピンクのスリップをつかみ、私を舞台から引き戻した。私は通路のベンチに座り込み、劇は先に進んだ。すべてはうまくいったが、天使だけが失敗した。天使が舞台の外のベンチに座り、泣いている一方で、ホールでは幕が下り、霰《あられ》のような喝采があった。テューリンゲンにいたときの最大の体験としては、一つのことが、今でもはっきり記憶に残っている。ルードルシュタットのそばの岩窟を訪ねたことだ。私たちは水晶で出来た巨大な岩盤の中へ、昇降機で降りて行った。これまでの生涯で、あんなに綺麗な色彩は二度と見たことがない。長く憧れたメルヒェンの世界が、そこにはあった。外に出ると、あたり一帯のあちらこちらに大きな水晶が落ちていたので、いくつかを持って帰った。私を幸福にしたものがもう一つある。ザールフェルトには、有名なマウクシオン・チョコレート工場があったのだ。町のいたるところに自動販売機があって、十ペニヒ入れれば、すごく美味しい板チョコが出てきた。子供たちのお小遣いがみんなこの自動販売機の中に消えて行くのは、無理のないことだった。今でも、四十年以上も前ではなくて昨日のようにはっきりと、テューリンゲンの森を、列を作って歌いながら歩いたときの光景が目に浮かぶ。そして施設の中庭で、靴を磨いた。シュモル社製の磨き粉を使った。私たちよりもあとから来て合流したウィーンの少年たちが、持ってきたものだ。テューリンゲンから家に帰ってみると、私に、みんなから愛される弟が出来ていた。二年後には妹が誕生した。妹もみんなから愛された。戦争の舞台は既にロシアに移っていた。

私の後見人は、キエフとモスクワのあいだのどこかで戦っていた。叔父のファラルトはモシェエンとナルヴィク[*1]から手紙をくれた。山岳隊に属している、とあった。叔父は部隊のひょうきん者で、ノール岬に近い大きな市立ホールに複数の中隊が集まったとき、叔父が小話をしてみんなが大笑いしたという話だった。叔父はディートル将軍[*2]の指揮下にあった。かつてのコミュニストの面影はまったくなかった。トナカイの毛皮をトロンヘイムから、ヘラジカの角をムルマンスクから送ってくれた。ラップ人[*3]に変装した叔父の写真を沢山見た。叔父や後見人が休暇で帰って来ると、私は得意になってシャウムブルガー通りを彼らと並んで歩いた。二人とももう勲章を胸につけていた。動員可能な男たちは北部、東部、西部、南部戦線のすべての戦場にあって、毎日大勢の戦死者の葬儀が営まれた。市内でいわゆる民間人が死んだときと同様、いわゆる外国で祖国のために戦って死んだ者の場合にも、教区教会で弔鐘が鳴らされた。教区教会の向かいの、教会が所有する小さな家に住んでいた寺男プフェニンガーは、痛風を病んでいて、指が完全に変形していたから、ある日私に、自分の代わりに弔鐘を鳴らしてくれ、と頼んだ。鐘を鳴らすため、全体重をかけて私は綱にぶら下がらねばならなかった。鐘を鳴らすたび、五ペニヒもらった。老プフェニンガーの痛風は段々ひどくなって、私の商売はどんどん繁盛した。次から次へとトラウンシュタインの人が敵地で戦死したのだ。それに加えて一般的死亡率が、戦争のためにこれまでなかったほど高まっていた。私は鐘を鳴らすだけでなく、死者あるいは戦死者の氏名と年齢を記した黒い板を、教会前の二つのドアに下げねばならなかった。老プフェニンガーにとって、チョークで氏名と年齢を書くのがひどくしんどくなっていたのだ。プフェニンガーの家が私は好きだった。報酬としてお金をもらったばかりでなく、美味しい料理も戴くことができた。老プフェニンガー夫人は料理がとても上手かった。子供ながら相当に金銭欲が強かった私は、しょっちゅう、プフェニンガーのところに走り、誰か死んだ人はいませんかと尋ねた。いくらでも死者が出ればいいのに、と思った。黒い板に書くスペースがないほどになると、私のズボンのポケットで、沢山の小銭がチャラチャラと小気味よい音を立てた。ちっとも良心に呵責を覚えなかった。ポッシンガーの一家が読んでいた「ミュンヒェン新報」には、数ページにわたって戦死者と空襲で死んだ人の

＊1　モシェエンもナルヴィクもノルウェーの都市。
＊2　エドアルト・ディートルは、第二次世界大戦中のドイツ陸軍大将で、一九二〇年代からのナチ党員。一九四四年に航空機事故で死亡。
＊3　ラップランド（スカンジナビア半島北部のノルウェー、フィンランド、スウェーデンにまたがる沿岸地帯）やロシア北部に散在する少数民族で、サーミ人とも呼ばれる。

氏名ばかりがびっしり印刷されていた。いわゆるテロ攻撃の時期だった。警報が鳴ると、何も知らない私たちは家の玄関ホールに避難し、警報が解かれるのを待った。玄関ホールから直接葬儀店に通じているドアの前でうずくまった。私は、棚から下げられた何十着もの長い経帷子《きょうかたびら》を使って、自分の恐怖世界を創造した。経帷子は安いちりめん紙と人造絹糸で仕立ててあった。黒いヴェール、黒い上着、そして黒いスカートが、シャウムブルガー通りから吹き込むすきま風で、幽霊のように揺れた。ポッシング家はこの時期、もっとも商売が繁盛していた。けれど、お金はあっても何も物がなかった。お金で買えるような品物がなかったのだ。祖父が、初めてお金を稼いだ。書いた本が二冊出版されたのだ。秘密めいていたが、ドイツではなくオランダで印刷されたという。ところが、祖父が「管区貯蓄銀行」から晴れて受け出すことができたお金では、何も買えなかった。ある日祖父は、そのお金を使う機会を見つけ出した。「トラウンシュタイン新聞」を読んでいて、ルポルディング近郊に住む人が、画架を売りに出していることを知ったのだ。「絵を描くことか。うむ、これはお前に向いているかもしれんぞ。立派な芸術活動だからな！」と祖父は言い、その広告に何度も赤い下線を引いていた。私たちは汽車に乗ってルポルディングへ向かった。広告にあった画架が私たちを待っている筈の家にたどり着くまで、繰り返し道を尋ねた。ひどく古い、半分腐って、半分壊れた怪物が、ほとんど真っ暗な玄関ホールに置かれていた。失望は大きかった。画架は買い取った。かの有名な画家ライブルが、これを使って絵を描いたと言われる画架は、極めて困難な状況の中、トラウンシュタインへと運ばれた。祖父は現金で支払った。帰る途中、ジークスドルフのあたりで祖父は言った。「ひょっとしたら絵画かもしれん。お前は絵を描くのがとてもうまいからな。とにかく何か芸術に従事するのだ。」画架は約束通り、二、三日後には配達され、シャウムブルガー通りに下ろされた。どこもかしこも朽ちていた。まもなく、居間の暖炉に入れて燃やした。絵を描くという話はもう出なかった。私は詩を書いた。戦争と戦争の英雄を扱った詩を。出来の悪い詩だという気がしたから、やめてしまった。周囲で英雄の話ばかりされている今、急に自分を英雄にしようと努め始めた。その絶好の機会を提供してくれたのは、ユングフォルクだった。様々な競走種目で私はなおも成績を伸ばした。私がスポーツで上げた名声は、ひょっとすると学校にもそのうち伝わったのかもしれない。今や授業のときでもあからさまに勝利のピンを胸につけていたから、みんなが情報に敏感になっていた。私はほかの誰よりも勝利のピンを沢山もらっていた。まだ自分では気づいていなかったが、学校で英雄になっていたのだ。以前よりも熱心に授業を聴いていたわけではない。以前よりも優秀になったわけではない。ところが通知表は、成績が上がったことを示していた。「有能」という語は、決定的力を持っていた。私はそれをとことん利用した。みんなから避けられていた人間が、今や急にみんなから崇められる存在になったのだ。ちょうどこのころのことだ。初めは気づかなかったが、夜尿症がおさまっていた。私は英雄であって、もはや小便小僧ではなかった。あるとき私は、手に汗握る英雄的偉業を、「緑野」にあったシンダートラックで、数百人の生徒が見ている前で披露した。私は百メートルを記録的な速さで走り、そのあとすぐ五百メートル走でも記録を更新した。勝利のピンを二つ獲得した。観衆は熱狂した。私はいわば闘士《グラディアトル》だった。群集の喝采は気持ちよかった。私は巧みに喝采が長引くようにしむけた。ところが、この日、競技場に誰もいなくなったあと、もうひと回り走ろうとして、足を滑らせ、シンダートラックの上でぶざまに横転してしまった。額と顎を切った。私は、「療養活動写真館の段」と呼ばれた段を上って「緑野」を出、いくつもの裏路地と裏庭を抜けて、家に帰った。家にはポッシンガーの娘エリーしかいなかった。私の外観はひどくみじめだったに違いない。明日は表彰式だというのに！　エリーはあっさりことを片づけた。私を冷たくなった調理台の上に勢いよく座らせると、剝げた膝の皮を、器用にバッサリ切り落としたのだ。パックリと口を開けた傷口にアルコールを垂らして消毒したあと、「さあ、できあがり！」と言った。そして限りなく長い包帯で膝をくるむと、額と顎の傷を洗って、絆創膏を貼った。翌日の午前中に行われた表彰式で、私は、自分が演ずる英雄の面目を最大限保つことができた。私の姿は完全にヒーローのイメージそのものだった。私が英雄であることは、絆創膏という形で過度に演出され、はっきり視覚化された。英雄を表現しながら私は得意だった。ひどい痛みを感じたが、痛いなどとはひと言も言わなかった。今でも両膝に残る大きなカサブタを見ると、あの表彰式を思い出す。エリー・ポッシンガーは、少なくとも私が生きているあいだ、不滅となった。十一歳のとき、鞍作りの親方ヴィンター氏の工房の裏庭に面したバルコニーで、ヴィンター親方の一番下の娘インゲから、性の啓蒙を、少なくともその試みをされた。あのヒルダ・リッツィンガーに続く、二人目のガール・フレンドだ。ヒルダのことはもう忘れてしまって、その後どうしているか、知ろうとすら思わなかった。インゲと一緒にトラウン川に行き、鉄橋の棒を使って一緒に体操し、連れ立って庭球場の横を抜け、バート・エンプフィングまで走った。そこから遠くないところに、森の中の墓地があり、そこへ行くたび、私は、ポッシンガー家の荘重な霊廟に感嘆したのであった。最近亡くなったマリア、ブルクハウゼンの高等学校正教諭だったマリアの大きな写真が、御影石に立て掛けてあった。霊廟の中に呼びかけると、恐ろしく反響した。祖母と一緒に、よく霊安室に入った。横を歩くと墓地はどんどん広がっていったが、そこを通り過ぎると道はヴァングへ通じていた。初めて自転車に乗って遠出したとき、ヴァングで農家の女性と知り合った。戦争が続くあいだ、何度もこの農家に行って、この女性からポットにいっぱいの牛乳とバターとラードをもらって帰ることができた。代りに、我が家では必要のないタバコの配給券を、彼女にあげた。私はこの老婦人が好きだった。彼女は自分の小さな菜園で、考えられる限りあらゆる種類の花を育てていた。家中に不思議な薬味のにおいがして、そこら中の窓や棚の上に薬効のあるジュースやジャム、蜂蜜の入った大きなガラス瓶が置かれていた。シュタイア製の自転車が大活躍する時代が来た。自分で銀色の塗料を繰り返し塗って、ピカピカにしたこの自転車で、トラウンシュタインの周りを広範囲に走り回った。一方ではトロースベルクまで、別の方角ではタイゼンドルフまで行った。いつもリュックサックを背負って。充分食料を集めて帰ると（ほとんどいつも上首尾だった）、もちろん家では大歓迎された。インゲ・ヴィンターは、私に性教育を施したばかりではない（家ではいわゆるセックスについて、私がいるところで一度も触れられることはなかった）。彼女は、トラウンシュタインの声望ある市民家庭の娘として、ほかのすべてのいわゆる市民家庭と交流があり、私をそこら中に同伴してくれたから、私はまもなくどの家の内部も知ることができたのだ。夏、ヴィンター家が兵営の近くに所有している果樹園まで、彼女と一緒に行って、大きな籠がいっぱいになるまでイチゴを摘んでそれを食べ、胃をいっぱいに膨らました。インゲの姉で、ヴィンター家の五人兄弟のうち、上から二番目にあたるバルバラは、当時ギムナジウムの生徒で、兄弟姉妹の中で一番優秀と言われていた。そのバルバラはある日、教区教会に行き、ミサが最高潮に達したとき、気が触れてしまった。説教壇にのぼり、「大いなる喜び」を告知したのだ。彼女は病院に運ばれ、そこから精神病院へ、そして消えてしまった。抜群に頭のいい人間は、いつも狂気に脅かされている、と祖父は言った。祖父は今では、複数の出版社から報酬が入るようになっていたが、そのお金で何をしたらいいか考えあぐね、私にバイオリンを習いに行かせた。私はあるバイオリニストの家へ習いに行った。先生の奥さんはスペイン人だったが、私が「スペイン人」という言葉でイメージしていた通りの人だった。髪が黒く、額に垂らした房髪が、凝った巻き方でカールしていた。本人の言によると、昔はコンサート歌手をしていたという。私は、バイオリンを弾くのはちっとも好きではなかった。この楽器が嫌いだった。ところが祖父は、私を今度はバイオリニストにしようと考えたのだ。ニコロ・パガニーニの話をして、世界的名手になることを讃えた。全世界がお前の前に開けてくるぞ。考えてもみなさい、世界中の名だたるコンサートホールで演奏するのだ。ウィーン、パリ、マドリード、ひょっとするといつかニューヨークにも行けるかもしれない。私は、バイオリンの演奏を聴くのは好きだったが、自分で弾くのは嫌いだった。それは今に至るまで変わらない。クリスマスが近いある日のこと、シュタット広場で、激しく雪が舞っている中、なぜかは思い出せないけれどはしゃいでいた私は、バイオリン教授のわずかな月謝が入った封筒を持ったまま、二、三度跳び撥ねた。そのとき不覚にも、積もった雪の中に五マルク硬貨を投げ出してしまった。硬貨を見つけようと色々やってはみたが、無駄だった。三月になって、雪が解けたとき、硬貨は見つかった。突然キラッと光ったのだ。ほかならぬ私が、自分でそれを見つけたのだ。誰の思いつきだったか、もはや思い出せない。ある日のこと私は、家の向かいにあるパン屋のヒルガーで、配達の仕事をした。朝五時半にパン屋に行った。私の背中に、大きな白い麻袋が載せられた。中には幾十もの小さな麻袋がいっぱい詰められていた。小さな袋にはセンメルやヴェッカル、塩スティックといったパンが入っていて、学校に行く前、私はそれを注文に応じて家々のドア・ノブに下げるのだった。こうしてお小遣いを稼ぎ、そのうえ好きなパンを六個、もらって帰ることができた。家の朝食の半分がそれでタダになった。週に一度、ハスラハ[*1]よりも高台にある神学校まで、手押しの二輪車に大きなパンをいくつも載せ、押して行かねばならなかった。ほとんど力にあまる仕事だったが、私の野心は、いつも私の力を超えていた。空になった車を押して下り坂を帰るのは、もちろん愉快だった。夏には母と一緒に格子枠の付いた小さな荷車を押して、町中を歩いたことを覚えている。ひどく恥ずかしいことのように感じられた。周辺の森へ行って、木こりが落としたままにしておいた樹皮を拾ってきたのだ。冬の暖房の燃料にした。屋根裏の半分が樹皮でいっぱいになった。屋根裏に置いたのは、短時間で乾燥させるためだ。私はたいてい独りで荷車を森へ運んだ。積めるだけ沢山積んだから、引くのが結構難しかった。兵営のある高台まで来ると、荷車の上に乗って、両脚で操縦棒を操りながら、町まで走った。しかし、こんな風に樹皮を持って帰ったのは私たちだけではなかった。多くの人がそうせざるを得なかったのだ。少しもおかしなことではなかった。インゲ・ヴィンターや、他の市民家庭の子と違い、私は、いわゆる年の市が「緑野」に出ても、そこで使うためのお小遣いをもらうということがなかった。それは自分で稼がねばならない。何時間も、メリーゴーランドのすぐそばの列に加わって働いた。ほかのみんなと力を合わせ、百回、あるいは千回もグルグルと回り、メリーゴーランドを回し続けた。あの有名な井戸の驢馬[*2]のように。回っているとき、自分や、ほかのみんなに繰り返し踏まれる地面の草しか見えなかった。そうやって稼いだお金で射的小屋に入り、射的をやってみた。メリーゴーランドに乗るのは怖かった。一度だけ乗ったけれど、すぐに気分が悪くなり、中空で吐いてしまった。下に立って、すごいなと思いながら眺めているほうがましだった。射撃の的として、何百何千ものガラス製の、または陶製の花瓶が置かれているのを眺めて、すごいと思った。操り人形やシルクハットにも感嘆した。何日かのあいだ、屋台でゴム靴底の販売員として働いたこともあった。報酬として、数センチもの厚さのゴム靴底を一ダース持ち帰ることができた。この靴底を鋲で木靴に固定して歩き回った。戦後も長いこと使った。革靴底の時代はもう過去となっていた。「緑野」にブッシュ・サーカスが客演した。

＊1　ハスラハはトラウンシュタイン市の一地域。
＊2　「井戸の驢馬」は、誤って井戸に落ちた驢馬が、これを生き埋めにして葬ろうとした飼い主の意図とは逆に、放り込まれた土を踏み固めてうまく井戸から出て来るという話。

私は猛獣使いになりたかったが、ライオンの頬まで大きく裂けた口を見たとき、その望みは捨てた。ほとんど毎晩、空襲警報が出た。近ごろは真っ昼間も出るようになっていた。しばしば百を超える数の爆撃機の群れが頭上で隊列を整え、ミュンヒェンへと方向を変えた。積載している死の武器を、そこに投下するのだ。人々の関心は空中へ、空へと移った。天気は関係なかった。空を見あげ、聞き耳を立て、心配した。真っ青によく晴れたお昼ごろのこと、祖母は、シャウムブルガー通りの私たちの住まいでミシンに向かっていた。爆撃機の編隊の轟音を聞き、みんなが窓から空を見上げた。六列になった米軍機がミュンヒェンへの航路を厳格に守りながら飛び、陽にきらめいていた。不意に、さらなる上空からドイツ機が現れ（いわゆるメッサーシュミット１０９だ）、一瞬のあいだに銀色の巨大な機体を一つ、隊列からはじき出した。祖母と私は、この爆撃機が編隊から外れて高度を落とし、ついには物凄い爆発を起こして三つの部分に分かれ、それぞれが互いにどんどん遠ざかりながら落下していくさまを見た。同時に複数の白い点が現れ、落下傘をつけて脱出した乗組員たちであることが分かった。この空中ショーは完全な悲劇だった。お昼の大空を背景に、いくつかの落下傘は開かなかった。黒い点が、機体の断片よりも速く地上に落ちて行くのが見えた。そして開いた落下傘が、何らかの理由で炎に包まれ、瞬く間に燃え尽きて、担いでいた人ともども地面に落ちて行くのを見た。この一連の出来事に、爆撃機の編隊は全体として少しも動じることがなかった。編隊はミュンヒェンへ飛んで行った。ミュンヒェンの街はずっと遠く離れていたから、空襲はここまでは聞こえなかった。センセーションを嗅ぎつけた祖母は、私を連れて、ヴァーギング行きの次の列車にとび乗った。祖母は、撃墜された飛行機の残骸はこの方角に落ちたに違いないと推測したのだ。その通りだった。ヴァーギングの一つ手前の駅、巡礼の山にあるオッティングで、残骸はまだ煙を上げていた。爆撃機の巨大な、おそらく十五メートルほどもある主翼の片方が、豚小屋を直撃し、それがひき起こした火事で、百頭ほどの豚が焼け死んだ。ハアハア言いながら私たちがようやく山上に着いたとき、想像できないような悪臭が空中に漂っていた。冬のことで、凍るように寒かった。駅からオッティングの中心部まで、深い雪をかき分けて登らねばならなかった。町の住民が残骸の前に立ち、なおもほかの残骸を見つけ出そうとしていた。雪の中に大きな穴がいくつもあいていて、空から落ちて完全に体を打ち砕かれたカナダ兵の死体が、中に嵌り込んでいた。私はひどい衝撃を受けた。雪の中のそこら中に血が散乱していた。腕が一本ある、と私は言った。その腕は、腕時計をしていた。戦争劇はもう嫌だ。センセーションはその恐ろしい裏面を見せたのだ。これまで遠くからしか知らなかった戦争が、今やその恐ろしい素顔を見せた。こんな戦争はもう見たくなかった。トラウンシュタインに帰ると私は、祖父のもとに安らぎを求めた。祖父は何も言わなかった。晩になると、祖父母は部屋の一隅に座って、スイスのラジオ放送を聴いた。二月の終わりから三月初めの午後、ショルシと私は、冬のあいだ窪みに隠れていて、小鹿と一緒にそこで凍死してしまった鹿を、窪みから引っ張り出した。穴を掘り、硬くなった獣を中に投げ入れた。私は、行けるときにはいつもエッテンドルフに行った。大伯母ロジーナが亡くなると、弟にあたる祖父は葬儀のためにヘンドルフに向かった。ここ数年、出身地に行くのは避けていたのであった。祖父の実家でもある宿屋の大広間で、参列者が「お斎」の会食をしたあと、亡くなった大伯母の姉で、世界中を旅した芸術家の後家マリーが、挨拶を始めた。祖父によると、このスピーチの中で彼女はしきりに自分を「ドイツの婦人」と称していた。「あの女は国家社会主義《ナチズム》を自分の新しい理想にしたのさ。それにたきつけられて、自分のことをひっきりなしにドイツの婦人と言っておった。あんまり馬鹿馬鹿しくなったから、わしは跳び上がってこう言ってやったのさ。何を言っているんだ、お前はドイツの婦人なんかではない、ドイツの雌豚だ！　とな。」その後、二人は二度と顔を合わすことがなかった。国家社会主義が二人を仲違いさせた。マリーは、卒中を出したあと不随になって、しまいには正気も失ってしまった。亡くなる少し前、ウィーンのヴァイトローフ通りにいた彼女を、私が最後に訪ねたとき、彼女は特注でヴェーリング街の指物師に作らせたソファーに座って、回らぬ舌で愛する弟について、訳の分からぬことを話していた。その愛する弟は、もうとっくに死んでいたのだが。姉ロジーナの葬儀から帰ったあと（ロジーナの死後、この女帝の支配圏は義理の娘ユスティーネのものとなった）、故郷でのなりゆきだけでなく、ほかのことても嫌気がさした祖父は、叫んだ。「そもそも村中ひどいところだ！」墓地の墓石に記されていたほとんどの名前の下には、「党員」の語が刻まれていた。戦争が終わると、どの家庭もこの語を再び削り取らせたが、今でも跡は見て取ることができる。「トラウンシュタイン新聞」に載った広告が、再び、人生を転換させる契機となった。パッサウの商業学校が、優れた教育施設であるとして、生徒を募集していたのだ。「これこそ、お前にうってつけだ」、と祖父は言った。祖父は一等車の乗車券を二枚買い、二人でパッサウに向かった。一等車両に座る代わりに、ヴェルスまで、そしてヴェルスを過ぎてからもしばらく、人がいっぱいの通路に約四時間も立っていなければならなかった。それはいわゆる帰休兵のための列車で（ほかの列車はまずなかった）、旅は苦痛以外の何ものでもなかった。列車がパッサウに入ると、窓から外を見ていた私たちの目に飛び込んできたのは、灰色の塀と、炭売買の表示ばかりだった。祖父は有名なホテル「パッサウの狼」に、数日間、部屋を予約してあった。ところが、駅を出てまもなく祖父は、この時点までにパッサウで見たものすべてにうんざりして、言った。「違う。ここはお前の町ではない。パッサウはお前にまったく合っておらん。」翌日、私たちはそれでも商業学校に足を踏み入れた。私はそこで課された入学試験を受けた。せっかく来たんだから、受けるだけ受けておこう、それだけの理由だった。私は十三歳になっていた。帰って二ヶ月後、とっくにパッサウを忘れていたころ、もう一度この悪夢を思い出させられた。商業学校から祖父に知らせがあったのだ。孫が入学試験に、「特別優秀な成績で」合格したという旨の。祖父は頭を抱えて言った。「良かったのだ。パッサウにしなくて。お前のためにザルツブルクを選んで、良かったのだ。」

訳者あとがき

『ヴィトゲンシュタインの甥』、『古典絵画の巨匠たち』、『目的地にて』、『クラウス・パイマンは新しいズボンを買い、私と一緒に食事に行く』。二〇一五年にウィーンで舞台にかかっていたトーマス・ベルンハルトの作品の題名である（初めの二つは小説の舞台化）。ベルンハルトが亡くなって既に四半世紀を経たというのに、オーストリアでの人気は衰えを見せない。オーストリアを散々に罵った作家であるにもかかわらず、自作がオーストリアで印刷され、売られ、上演されることを遺言で禁じた作家であるにもかかわらず[1]、この人気なのだ。書店に入れば彼の本は必ず並んでいるし、グムンデンの

（1）ベルンハルトのこの遺言は守られていない。

ベルンハルト・ハウスも、ウィーンにある彼の墓も、訪れる人があとを絶つということがない。ベルンハルトに罵倒されたのは、主として政治家であり国家であるが、それにしてもそうした政治家を選び、そうした国家を構成しているオーストリア人自身が、気を悪くするどころか却ってこの作家を愛しているというのは、不思議な現象である。もちろんそれは、罵りそのものの中にあきらかに聞き取ることのできる、屈折した愛に対しての返答と考えれば、分からなくはないが。

第二次大戦後から現在に至るまでのオーストリア文学を語る際、インゲボルク・バッハマンやエルフリーデ・イェリネク、ペーター・ハントケと並んで、トーマス・ベルンハルトは真っ先に名前の挙がる作家である。範囲をドイツやスイスを含むドイツ語文学全体に広げてみても、事情は変わらない。文芸批評家マルセル・ライヒ＝ラニツキは、戦後のドイツ語文学の中で最も重要な散文作家を三人挙げるとすれば、ヴォルフガング・ケッペン、ギュンター・グラス、そしてトーマス・ベルンハルトの名を挙げねばならない、と述べている。

ベルンハルトは、一九五〇年代に幾つかの詩集を出したあと、六三年、初めての長編小説『凍え』(*Der Frost*) によって、一躍、脚光を浴びた。各紙が文学的事件として賞賛し、インゲボルク・バッハマンは、ずっと待望されてきた新しい文学の姿がここにある、という意味のことを書いた。以後、『困惑』、『アムラス』、『石灰工場』、『破滅者』、『コンクリート』、『ヴィトゲンシュタインの甥』、『消去』、『古典絵画の巨匠たち』などの小説、『習慣の力』、『ボーリスのための宴』、『座長ブルスコン』、『英雄広場《ヘルデンプラッツ》』など、多くの劇作を発表して、そのたびに注目の的となった。ベルンハルトに衆目が注がれるのは、第一にはもちろん作品の文学的質ゆえであろうが、もう一つの理由は、作品に表現された、または作家自身が作品の外で述べた、挑発的言辞ゆえでもあった。

長編小説『凍え』は、彼にオーストリア国家賞をもたらすことになったのだが、このときの受賞スピーチがスキャンダルの始まりだった。表彰式の主催者である大臣は、怒り心頭に席を立ち、壊れんばかりの音を立てて投げるようにドアを閉め、会場を去った。「国家は常に失敗を、人々は絶えず卑劣行為と精神薄弱を宿命としている。……だが、死を思えばすべてお笑いぐさだ」、と作家は言ったのだ。以後、彼の作品の中でオーストリアは「暗渠」と呼ばれ、「喜劇そのもの」と皮肉られた。ザルツブルク音楽演劇祭では、消防法に反して会場をまっ暗闇にすることを要求し、首脳部と衝突した。最大のスキャンダルは、最後の劇作品、ブルク劇場創立二百年を記念して執筆委託され、八八年に上演された『英雄広場』だった。八八年といえばナチス・ドイツがオーストリアを併合した一九三八年から、ちょうど半世紀である。五十年前、ヒトラーが併合を宣言し、大勢のオーストリア人が割れんばかりの歓呼で応えたその場所こそ、ウィーンの英雄広場であった。五十年が過ぎても、オーストリアは少しも変わらない、あの頃と寸分たがわぬナチの国だ、と登場人物に語らせたこの作品は、文学や演劇関係者以上に、メディアや政治家、一般市民を刺激して、オーストリア社会全体を喧々諤々の渦に巻き込んだ。

これまで日本語に翻訳されたトーマス・ベルンハルトの作品は、数の上では少なくない。しかし、英語やフランス語、イタリア語といった言語では彼の作品のほとんどが既に紹介されているのに対して、まだ日本語になっていない主要作品の数も、決して少ないとは言えない。最初の成功作『凍え』からして、日本語で読むことはできないが、長編第二作の『困惑』も、秀作と言われる中編『アムラス』も、未だ翻訳されてはいない。(1) なにより、ベルンハルトの全作品を解き明かす鍵とされる「自伝」の翻訳がこれまでなされなかったことは、独文学翻訳者たちの怠慢と言われても言い訳できないであろう。とはいえ、私が、この「自伝」五部作を翻訳しようと考えたのは、これらの作品にまさに心打たれたからである。

トーマス・ベルンハルトの「自伝」(*Die Autobiografie*) は、一九七五年秋から一九八二年春にかけて出版された独立した五つの作品からなる。(2) 五冊は内容的に連続しており、語り方や文体的特徴、また、成立や出版の経緯から考えても、ひとまとまりの作品群と考えるべきだろう。内訳は、『原因』(*Die Ursache*, 1975)、『地下』(*Der Keller*, 1976)、『息』(*Der Atem*, 1978)、『寒さ』(*Die Kälte*, 1981)、そしてここに訳出した『ある子供』(*Ein Kind*, 1982) であるが、内容からして、『ある子供』だけが、先に出版された他の作品と時間的に前後している。一作目の『原因』は、第二次大戦中にザルツブルクで過ごした学校時代を回想しており、『地下』は、学校を辞めたあと食料品店の見習いとして働きながら声楽を学んだ時代を扱っている。そして、肺病により長く生死の境を彷徨った時代を描く『息』と『寒さ』が続いたあと、語り手がさらに昔を回想するという形で、幼年時代、および自らの出自を扱ったこの『ある子供』が書かれたのである。つまり、内容的時間という意味では、『ある子供』の終わりが『原因』の冒頭へと続いていく、あるいは戻っていくことになる。読者としては自然、全五作をひととおり読んだあと、再度一作目に戻って読み返したいという衝動に駆られるであろう。少なくとも、私の場合はそうであった。五つの作品は、循環しているのである。

自伝五部作の成立経緯は最後に述べることにして、『ある子供』読解の助けとなるよう、ベルンハルト出生の事情と、この作品が始まる時点までの幼年期について、少し詳しく述べておきたい。なお、作品内の記述と異なる部分も含まれるが、それはベルンハルトの記憶違いというよりも、この作品がそもそも事実の記述を意図したものではなく、むしろ文学的な自己探求の表現であることを示していると言えるだろう。

（1）その後、前二者は『凍《いて》』『昏乱』の邦題で池田信雄訳が、『アムラス』は、中編『行く』（飯島雄太郎訳）との合本で初見基訳が刊行された。

（2）五つの作品を包括する題名としての「自伝」（*Die Autobiografie*）という言い方は、ズールカンプ社から刊行中のトーマス・ベルンハルト全集第十巻（二〇〇四年刊）で用いられたものであり、この五作品を箱入りの分冊としてまとめたレジデンツ社版（二〇一〇年刊）では、「自伝的著作」（*Autobiografische Schriften*）の表現を用いている。いずれもベルンハルトが付けた題名ではない。Vgl. Thomas Bernhard: *Die Autobiografie*. Werke 10, hrsg. von Martin Huber und Manfred Mittermayer, Frankfurt am Main (Suhrkamp) 2004 sowie Thomas Bernhard: *Autobiografische Schriften. Die Ursache / Der Keller / Der Atem / Die Kälte / Ein Kind.* Salzburg (Residenz) 2010.

ニコラース・トーマス・ベルンハルトは、一九三一年二月九日、オランダのヘールレンで生まれた(1)。とはいえ、彼の家系とオランダには何の繋がりもなく、母ヘルタがオーストリアを離れ、かの地に赴いたのは、まさに出産のためであった。生後七ヶ月でウィーンの祖父母に預けられたベルンハルトには、オランダの記憶は残っていない。

ヘルタが妊娠したのは、彼女の父ヨハネス・フロイムビヒラーの出身地ヘンドルフ（ザルツブルク州）でのことであり、ヘルタを孕ませた相手は、同地で指物工をしていたアロイス・ツッカーシュテッターであった。ヘルタの父、すなわちベルンハルトの母方の祖父フロイムビヒラーは、そのころ、成功とは縁遠い無名作家であり、娘は、貧しい生活をやりくりするためときおりウィーンを離れ、ヘンドルフで宿屋を営む伯母を手伝っていたのである。私生児を孕んだヘルタは、この小村での醜聞を恐れ、また両親に知られることも危惧して、ロッテルダムにいた知人を頼り、オーストリアをあとにした。

妊娠についてはまもなく両親の知るところとなったが、ヘールレンの出産施設を出たあともヘルタはオランダにとどまり、子供を託児所に預け、小間使いとして働いた。やがて、乳飲み子を抱えての勤労に行き詰まったが、親の生活を助ける必要もあり、オランダで働き続けるため、ウィーンに一旦戻って子を両親に託したのである。ウィーン十六区、ヴェルンハルト通り六番地に今も残るその家から、トーマス・ベルンハルト自身の断片的記憶は始まる。

ここで「ベルンハルト」という姓について述べておきたい。生みの父親アロイス・ツッカーシュテッターは、ヘルタの再三の要求にもかかわらず生まれた子を認知せず、ドイツへ逃げてしまった。（その後、ベルリンで他の女性と結婚し娘を一人もうけるが、アルコール中毒のため結婚生活を破綻させ、一九四〇年に自殺か事故か分からない形で死んでいる。ベルンハルトは一度も父に会うことはなかった。）それゆえ生まれた子は、母の姓「ベルンハルト」を名乗ることになるが、この姓は、ヘルタの母アンナの最初の嫁入り先の苗字であった。アンナ自身、両親の婚姻前に生まれた子であったため、初めは母親のシェーンベルク姓を名乗り、両親の結婚によって父のピヒラー姓に変わった。彼女は十八歳のとき、ザルツブルクの縫製師カール・ベルンハルトと結婚、アンナ・ベルンハルトとなった。一九〇四年、彼女は、不幸と感じていた七年間の結婚生活に終止符を打ち、夫と二人の子を捨て、当時バーゼルにいた工学学生ヨハネス・フロイムビヒラーのもとに走った。二人には、その年のうちに長女ヘルタ（トーマスの母）が生まれたが、カール・ベルンハルトとの離婚成立後であったにもかかわらず、裁判所によって、カールとアンナの子という判断が下された。ヘルタは、生みの父

（1）以下、ベルンハルトの経歴については、「自伝」の記述に加え、次の三つの文献を下敷きにしてまとめた。Louis Huguet: *Chronologie. Johannes Freumbichler - Thomas Bernhard.* Weitra o.J. [1995]; Hans Höller: *Thomas Bernhard.* Reinbek bei Hamburg 1993; Manfred Mittermayer: *Thomas Bernhard.* Leben Werk Wirkung, Suhrkamp BasisBiografie 11, Frankfurt am Main 2006.

親フロイムビヒラーの姓を名乗ることができず、それゆえ彼女の婚外の子であるトーマスもまた、何の繋がりもないベルンハルト家の姓を名乗ることになったのである。その後、祖母アンナはフロイムビヒラーと正式に結婚してアンナ・フロイムビヒラーとなり、ヘルタはエーミル・ファビアン（『ある子供』では「私の後見人」と呼ばれる）と結婚してヘルタ・ファビアンを名乗ったため、トーマスだけが、肉親のうちでただ一人、「ベルンハルト」のままであった。

一九三五年、祖父母は長年にわたるウィーンでの生活に見切りをつけ、四歳のトーマスを連れ、ザルツブルク州ヴァラー湖畔の町、ゼーキルヒェンに移った。そこは祖父の出身地ヘンドルフの隣町であり、トーマスはゼーキルヒェンと、度々訪れたヘンドルフで、多感な幼少期を送ることになる。

ヘンドルフには当時、ドイツの著名な作家カール・ツックマイヤーが住んでいた。ツックマイヤーは数年前、休暇を過ごしたヘンドルフでオペラ歌手リヒャルト・マイヤーと知り合い、マイヤーから家を購入していたのである。当初は夏のみこの家で過ごしたツックマイヤーであったが、三三年にナチスが政権に就くとベルリンでの生活が困難となり、ドイツに帰らず、ずっとヘンドルフに「亡命」することになった。フロイムビヒラー一家と知り合ったのは、その頃である。ツックマイヤーはその後、三八年三月、オーストリアが併合された直後、スイスに逃れている。ヘンドルフのツックマイヤー家には、著名な作家や芸術家たちが頻繁に招かれ、いわゆる「ヘンドルフ・クライス」が形成された。[1] ベルンハルトの祖父フロイムビヒラーもしばしばツックマイヤー家に招かれ、ツックマイヤーの推薦で、彼の長編小説『フロメナ・エレンフーブ』が、ウィーンのパウル・ショルナイ社から出版されたのである。この小説によってフロイムビヒラーは、生前唯一の顕彰である「オーストリア国家賞」を受けることになる。

話が前後するが、母ヘルタは、トーマスを両親に預けた半年後にはオランダから帰り、家政婦などの仕事をしながら、主にウィーンの両親のもとで一緒に暮らしていた。その間、弟（作中の「叔父ファラルト」）を通じて理髪師見習いのエーミル・ファビアンと知り合い、一九三六年に結婚。両親とトーマスは既にゼーキルヒェンに移っていたが、彼女はウィーンで働き続けた。やがて、ベルンハルトの「後見人」ファビアンは、南独、オーバーバイエルン地方のトラウンシュタインに職場を見つけ、三七年、この町に移ることになる。ベルンハルトは、「楽園」と感じていたゼーキルヒェンでの生活に別れを告げ、迎えに来た母に連れられ、新たな居住地トラウンシュタインに向かったのであ

（1）カール・ツックマイヤーおよびリヒャルト・マイヤーを中心として形成されたこの「ヘンドルフ・クライス」の中心的メンバーは、作家のエデン・フォン・ホルヴァート、フランツ・ショコール、リヒャルト・ビリンガーであったが、そのほかにも、シュテファン・ツヴァイク、ゲルハルト・ハウプトマン、トーマス・マン、フランツ・ヴェルフェル、アルマ・マーラー＝ヴェルフェル、エーリヒ・マリア・レマルクといった作家や、演出家マックス・ラインハルト、俳優のエーミル・ヤニングス、ヴェルナー・クラウス、ハンス・アルバース、オペラ歌手フョードル・シャリアピンなどがヘンドルフを訪れている。

る。彼らの賃貸アパートは、市の中心をなす教区教会とシュタット広場から目と鼻の先、シャウムブルガー通りとタウベンマルクトとの角の建物にあった。翌年には祖父母も、近郊のエッテンドルフに移って来た。このトラウンシュタイン時代に、生まれて初めて自転車に乗り、ザルツブルクまで行こうとしたときの思い出から、本作『ある子供』は始まるのである。(1)

前にも述べた通り、ベルンハルトが「自伝」に書いたことと、伝記的事実は、細部においては必ずしも一致していない。伝記的事実に関しては、フランスの独文学者ルイ・ユゲによる労作『年譜――ヨハネス・フロイムビヒラーとトーマス・ベルンハルト』(2)が、今日までの最も詳細な調査報告となっているが、ユゲの『年譜』を事実として『ある子供』を読んだ場合、生後間もないベルンハルトがロッテルダムで漁船に預けられていた期間の長さや、ベルンハルトの実父のその後の人生、異父弟妹のペーターやスザンネが生まれた時期、祖母の先祖に関する記述などなど、作家の記憶違いや情報不足から、あるいはまた意図的に事実と異なる記述がなされていることが分かる。それゆえ、ベルンハルト研究者のハンス・ヘラーは「自伝」五部作を虚構的テクストとして「自伝的小説」(Die autobiografischen Erzählungen)(3)と呼んでいるし、ベルンハルト全集第十巻の編者も、ベルンハルトの自伝を事実報告として読むことの危険は、研究者のあいだで当初から指摘されていた、と述べている。(4)例えば、エーヴァ・マルカルトは、「彼の小説が自伝的であるのと同程度にベルンハルトの自伝はフィクションであり」、後者は、「自らの過去を物語という形で設計しようとする試み」(5)だとしている。

ところで、こうしたことがそもそも問題となるのは、伝記や歴史は事実報告を目指したものであり、小説はフィクションでなければならない、という西洋の伝統的文学観が前提にあるためだと訳者は考える。しかし、他人についての伝記ならともかく、自らについて語るという行為がそもそも事実報告になりうるかどうか。自分を完全に対象化することは不可能である。自伝とはいずれにせよ自己

（1）幼いベルンハルトが住んでいた住居のうち、ウィーンのヴェルンハルト通りにある家、作中で「ミルテルバウアンの小家」と呼ばれるゼーキルヒェンの家、そしてトラウンシュタインでベルンハルトたちが間借りしていた建物は現存し、今でも住宅として使用されている。また、ヘンドルフのフロイムビヒラーの実家は現在、「ヘンドルフ文学館」として、朗読会などに使われている。エッテンドルフで祖父母が住んでいた家は今では残っていないが、そこの有名な巡礼教会は、ミュンヒェンやインスブルックからザルツブルクに向かう列車（あるいは反対方向）に乗ると、トラウンシュタインを通り過ぎる際、トラウンシュタインとは反対側の車窓から、すぐ目の前に見ることができる。ただし、この列車がその手前の鉄道橋崩落によって谷底に転落しなければの話ではあるが。

（2）Louis Huguet: *Chronologie*, a.a.O..

（3）Hans Höller: *Thomas Bernhard*, a.a.O., S.102.

（4）*Kommentar* im Anhang von : Thomas Bernhard: *Die Autobiografie*, a.a.O., S. 513-570, hier S.550.

（5）Eva Marquardt: *Gegenrichtung. Entwicklungstendenzen in der Erzählprosa Thomas Bernhards*. Tübingen 1990, S.163 und 176 (zitiert nach: *Kommentar* im Anhang von : Thomas Bernhard: *Die Autobiografie*, a.a.O., S.550).

演出であり、「文学」と受けとめるべきではないか。そこに言語化されているのは、語り手が、自らの過去を思い出すという行為を通じて自らを構築する、あくまで主観的で心理的ななりゆきであり、外的出来事は副次的材料、または内的なりゆきの契機に過ぎない。自伝というもののこうした特性を考慮に入れた上であれば、ベルンハルトのこの五部作を簡潔に「自伝」と呼ぶことは、決して間違ってはいないだろう。作家が書いた自伝の場合問題になるのはむしろ、それがどれほどの文学的質を持っているかという点である。これに関しては、読者の判断に委ねたいと私は考える。

さて、成立史に関して最後に述べておきたい。トーマス・ベルンハルト全集第十巻の解説によれば、「自伝」の構想は、『凍え』以来ずっとベルンハルト作品の出版を引き受けていた出版社ズールカンプの社長ジークフリート・ウンゼルトが、ベルンハルトとのやり取りをメモした一九七二年の出張報告書のなかで、初めて言及されている。(1) ウンゼルトのメモに『思い出す』(*Erinnern*) という仮のタイトルで記されたこの作品は、当初は五部作ではなく、全三冊として考えられていた。その後、構想の実現はウンゼルトがメモしていた翌年秋になっても少しも進まなかったが、そもそもズールカンプ社に約束していたわけでもなかったため、自作の販売に関するズールカンプ社への不満と、作品がザルツブルクを舞台としていることを考慮に入れて、ベルンハルトは一作目を、ザルツブルクの出版社レジデンツに託した。その際、書き上げたときのタイトルは『寄宿学校』であったものが、少し前に他の作家が同名の本を出していたという事情があって、『原因』に改められた。ジークフリート・ウンゼルトはこの第一作と、その続編がレジデンツから出るたびに機嫌を損ね、ズールカンプ社とベルンハルトの関係も危機に陥りかけた。ウンゼルトは自伝のすべてをひとまとめとしてズールカンプから出版する権利を得ようと働きかけ、ベルンハルトもこれに同意したが、レジデンツ社側の条件に合わず、不首尾に終わった。四冊目が出たころには、第五部『訴訟記者』、第六部『文筆活動の始まり』、第七部『幼いころ』の構想が、ベルンハルトからウンゼルトに対して提示された。ところが、一九八二年春に出た五作目は、『ある子供』であり、これで自伝の執筆は終わりにする旨、作家はウンゼルトに書いた。一九八七年、ウンゼルトとベルンハルト連名の提案として、レジデンツ社に対し、自伝第六巻『疑い』の出版を委託する代りに全作品の権利をズールカンプ社に移すという提案がなされた。しかし結局、この提案は実現されることなく、ベルンハルトは一九八九年に他界したのである。

全集版の解説によると、『ある子供』が執筆されたのは、当時のユーゴスラビア領オパティアのホテルであり、原稿に記された完成の日付は、一九八一年十一月十九日である。

「自伝」五部作のうち最後に書かれた作であるこの『ある子供』を、訳者が一番先に翻訳したのは、

（1）成立史に関する以下の記述は、ズールカンプ社版トーマス・ベルンハルト全集第十巻巻末の解説に基づいている。*Kommentar* im Anhang von : Thomas Bernhard: *Die Autobiografie*, a.a.O., hier besonders S.513-525.

描かれた内容を年代順に並べようという意図からではない。一番目の作である『原因』の冒頭十頁ほどが、その晦渋さゆえに読者を驚かし、「自伝」全体の読書を早々に断念させてしまうのではないか、と危惧したからである。つまり、老婆心以外の何ものでもない。

翻訳の底本に用いたのは、一九八二年レジデンツ社から出た初版（左記）である。
Als Grundlage der Übersetzung diente die Erstausgabe des Residenz-Verlags.
Thomas Bernhard: *Ein Kind.* Residenz-Verlag, Salzburg 1982.

本書の翻訳出版に当たっては、ザルツブルク文学資料館館長でありトーマス・ベルンハルト研究の第一人者であるマンフレート・ミッターマイヤー博士、ベルンハルトの弟で遺産管理者であるペーター・ファビアン氏に大変お世話になりました。心から謝意を表します。
Ich möchte mich ganz herzlich bei Herrn Dr. Manfred Mittermayer bedanken, dem Leiter des Salzburger Literaturarchivs, sowie bei Herrn Dr. Peter Fabjan, dem Bruder und Nachlassverwalter von Thomas Bernhard, für die freundliche Unterstützung meiner Übersetzungsarbeit.
お忙しい中、ヘンドルフとゼーキルヒェンをご案内下さいましたベルンハルト研究者 Dr. Renate Langer さんにも、この場を借りて心からお礼いたします。
Mein herzlicher Dank gilt auch Frau Dr. Renate Langer, die mich an einem schönen Märztag durch Bernhards

frühere Heimatorte, Henndorf und Seekirchen, geführt hat.

また、最後になりましたが、いつもながら細かく原稿を読んで適切な助言を頂きました松籟社の木村浩之さんにも、心から感謝いたします。

二〇一五年九月

【訳者紹介】

今井　敦（いまい・あつし）

1965年生まれ。中央大学文学部卒業、中央大学大学院文学研究科単位取得満期退学。インスブルック大学留学、同大学にて博士号（Dr. phil.）取得。

現在、龍谷大学経済学部教授。

専攻は現代ドイツ文学、とくにオーストリアのチロル地方の文学を専門とする。

著書に『三つのチロル』（新風舎）、訳書にハインリヒ・マン『ウンラート教授』（松籟社）、ヨーゼフ・ツォーデラー『手を洗うときの幸福・他一編』（同学社）、トーマス・ベルンハルト『原因』『地下』（ともに松籟社）がある。

ある子供

2016年4月30日　初版発行　　定価はカバーに表示しています
2022年6月24日　第2刷

著　者　トーマス・ベルンハルト
訳　者　今井　敦
発行者　相坂　一

発行所　松籟社（しょうらいしゃ）
〒612-0801　京都市伏見区深草正覚町1-34
電話　075-531-2878　振替　01040-3-13030
url　http://www.shoraisha.com/

印刷・製本　モリモト印刷株式会社
装丁　安藤紫野
Printed in Japan

 ISBN978-4-87984-347-0 C0097